ジパングを探して！

大和田廣樹
OHWADA HIROKI

幻冬舎MC

ジパングを探して！

目次

主な登場人物

竜神健……インターナショナル大学に通う大学一年生
十六夜京子……健の幼馴染
竜神亮……健の父。考古学者
竜神明子……健の母。薬膳料理家
十六夜真……京子の父。健の冒険の支援者
糸井教授……亮の研究仲間
マリア……ポーロ家の家長
セバスチャン……ポーロ家一族。健より3歳年上
ポルジギン教授……モンゴル国立大学の教授。亮の研究仲間
クリス（李賢）……北京の大学のルームメイト。冒険仲間
ロバート（金文剛）……北京の大学のルームメイト。冒険仲間
ジェイ……上海大学の学生。冒険仲間
張越……太極拳の師匠
ケイト……亮が雲南に住んでいた時の研究助手
アリー……スマトラ島の案内人
ジョン……スマトラ島のワニ退治スペシャリスト。のちに冒険仲間になる
ヒア……カンボジアの高僧
アマンダ……フロリダの海洋研究所の代表

プロローグ

水の都とはよく言ったものだ。

個人の家まで船着き場があり、自転車を乗る感覚で、

船をあやつり買い物に出かけて行く。

ここはベネチア。

この街に何度も来るなんて思いもしなかった。

でも、この街から僕の冒険は始まった。

第一章

母の死と父の面影

1

母は癌だった。これで母が苦痛から解放されると思ったら、少しほっとした。母が死んだ悲しさより、兄弟もなく、10年前に事故で父も亡くしている自分にとって、身近な家族が1人もいなくなった空虚感に苛《さいな》まれていた。

僕は、インターナショナル大学に通う一年生、竜神健《りゅうじんけん》だ。特に趣味はないが、小さい頃から母に強要され空手をやらされていた。中学生の時には、すでに初段で黒帯をしていたため、いじめにあうことはなかった。父が亡くなって自分のことは自分で守りなさいといつも母に言われていた。

「健、大丈夫？　お葬式以来だね」大学の大教室でぼーっとしている僕に声をかけてきたのは、幼馴染の十六夜京子《いざよいきょうこ》で、10年以上のつきあいだ。彼女は小さい頃に母親を病気で亡くしている。公立高校で一浪した僕と違って、私立高校から現役で入った彼女は、2年生だ。家が近所なのと父親同士の仲が良かった。父が亡くなってから疎遠になったが、京子と同じ大学に入ってから、再びよく話すようになった。

彼女は、周りにいつも4～5人の取り巻きがいるほど人気者だ。裕福な家庭で育った彼女はいつもきらびやかで、背も高くモデルのような体型だ。母子家庭で育った自分からは、まぶしくて苦手な部分もある。

「京子、ありがとう。大丈夫だよ」

「今日は空手の稽古行かないでしょ」

「行くよ。なんか体を動かしたい気分なんだ」

「そう、じゃあ一緒に行こう」

「いいよ」

「じゃあ、あとで」

京子も最近空手を始めた。まだまだ初心者の域は出ないが、筋は悪くない。

2

人が死ぬということは、それまで一緒に生きてきた物も死ぬということだ。母の所有していた物は、母が死んだことで全く色を失い役に立たないゴミ同然になった。遺品を整理しながら、そんなことを感じていた。僕は物に執着しない。母の荷物の中で、特に残したい物はない。捨てる物をゴミ袋に詰める。母のタンスを開ける。服も取り出し、無感情にゴミ袋に入れていく。小さな引き出しには銀行通帳などが入っている。そこに鍵とカードが一対にされている見慣れない物があった。なんだ、これは……貸金庫の鍵らしい。母の荷物を整理していて何も感情が湧かなかったが、この貸金庫には何かが入っているのではと思って初めて心が動いた。そしてその直感はあたった。

貸金庫の中身を確認するため銀行に来ている。パスワードは母が癌になってから預金を下ろすため聞いていた。そのパスワードを入力して貸金庫内に入る。ずらっと同じサイズの金庫が並んでいる。カードに書いてある番号を探すが、なかなか見つからない。奥にある大きなサイズの金庫の方に行くとあった。これはかなり大きな金庫だ。どきどきしてきた。鍵をさして回す。そして金庫を外に出し、個室へ運ぶ。かなり重い。ワクワクしながら開けるが、中を見てがっかりした。そこには、父からでももらったのだろうか5つの指輪と古い外国の金貨と土地や建物の権利書があった。その中には、全く知らないマンションの権利書が入っている。そのマンションのものらしき鍵もある。僕はその鍵と権利書だけ持ち帰った。

家に帰ると、居ても立っても居られずに、その権利書に書かれている住所のマンションを探しに行った。家からそんなに遠くない場所だ。オートロックの玄関があるマンションではあるが、セキュリティに優れているマンションとは言い難い。玄関の鍵穴に持ってきた鍵を入れてみる。開いた。中に入り、6階にある部屋へエレベーターで上がる。ワンルームの部屋が多いのか、各フロアで見かける住人は若い人が多い。601号室の前に来る。鍵を入れて、ドアノブを回し、中に入る。まだ昼なのに真っ暗だ。何年も使ってないのはわかるが、凄くカビ臭い。ライトのスイッチを手探りで探す。あった。そして電気をつけて僕は絶句した。

部屋には全方向に本棚があり、本や資料でびっしりと埋まっている。全方向にある本棚のせいで、昼でも明かりが入らなかったのだ。部屋の真ん中にある大きな作業机のようなものには、古い地図が置かれている。それにしても父が死んでから10年間全く使ってなかったのだろうか。ほこりやちりも凄い。父は考古学者だったから、ここは作業や研究に使っていたのだろう。父の几帳面な性格がわかる。本は綺麗に整頓されているし、わかりやすく分類もされている。まあ、今の自分ではこの分類が何を意味しているのかはわからないが、とにかく入って左にある本棚の本から見てみる。驚いたことに中国語の本も多い。運が良いことに大学の第二外国語が中国語だったため全くわからないということはない。それでも辞書は必要だ。携帯でも調べられないことはないが、パソコンを持ってきた方が早いと思ったし、今日は持ってきてなかったので、いったん引き揚げることにした。

3

あれから何日になるだろう。父の研究部屋に来て、トイレとコンビニに食事を買いに行く以外は、ずっと本や資料を読んでいる。資料には絵や図や家系図が多く含まれているが、これが何を示しているのか見当もつかない。チンギス・ハンの家系図だということはわかったが、どの資料とどの資料が関係しているのかもわからないし、当時の中国やチンギス・ハンの知識も全くない。それでもジグソーパズルのように後半になれば加速度的にピースとピースがつながっていくことを期待して資料を見続けている。

携帯電話が鳴る。京子だ。

「健、もう1週間も学校に来てないみたいだけど、どうしたの？」

「ちょっとやらなければならないことがあって、学校に行ってる場合じゃないんだ」

「えっ、まじめな健が学校をこんなにさぼるのは珍しいわね、何をしているの？」

「父が残したノートや資料が出てきたんだ」

「お父さんのノートや資料って何？　日記みたいなもの？」

「まだ、よくわからないんだ。中国語や知らない文字で書かれている資料ばかりなんだ」

「ねえ、健に言ってなかった？　私の家系は由緒正しい中国の家系だったので、小さい頃から中国語を習っているの。私が行って見てあげるよ」

「本当に？　京子、第二外国語フランス語じゃない？」

「だから、中国語を第二外国語にする必要がないほどのレベルなのよ」

「それじゃ、住所をメールで教えるから、授業が終わってからでいいから、来て」

そういえば由緒正しい中国の家系だという話は、昔聞いたことがあったが、聞き流していた。京子が中国語に精通しているのはラッキーだ。

メールを京子に送ってから、急におなかがすいて、コンビニに弁当を買いに行った。


インターホンが鳴る。京子だ。部屋に入ってきた京子も驚いている。

「凄い……」

「だろ、最初に入った時は、息を呑んだよ」

「これ全部、お父さんの研究なのね。さすがは考古学者だわ」

「とにかく本や資料を見てくれないかな。どうやらフビライ・ハンの本や資料が多いのはわかった」

僕の話には興味がないようで、黙々と資料や本を読んでいく京子。見たこともない集中力で本を読んでいる。目力が強く怖いなと感じるほどだ。

「これ、マルコ・ポーロやその時代について調べているのよ、健」京子が興奮気味に言う。

「なんでわかるの？」

「ここよ、ここを見て」呆れ顔で文字を指さした。

馬可波羅と書かれている。「これは？」

「マルコ・ポーロと読むのよ！」

「えっ、これでマルコ・ポーロと読むのか」

「辞書の使い方も知らないんでしょ？」

「馬鹿にするなよ」

「だって、辞書を正しく使えばわかったはずよ」

「うるさいな」

マルコ・ポーロが、フビライ・ハンに仕えていたのは有名な話だ。さすがの僕でも知っている。コロンブスが1492年にアメリカ大陸を発見したことやマゼラン艦隊が1522年に世界一周を史上初めて達成するが、それに比べてもマルコ・ポーロは、1200年代にヨーロッパと中国を往復しているのだ。この時代に彼がやったことは、どれだけ凄いことなのか、想像することもできない。

今まで何度も読んでいた本が、このマルコ・ポーロという文字がわかった途端に活き活きしだした感じだ。まるで、物語に主人公が戻ってきたように。

「健、お父さんの日誌、どこにある？」と京子はきょろきょろと部屋を見渡す。

「日誌？」

「うん、日誌。いくつかの資料に日誌の何ページ参照と書いてあるわ」

「日誌なんかこの部屋で見てない」と今まで見てきたものを確認しながら答えた。

「ちゃんと見たの？」

「いや、くまなく資料や本も見たし、開いてなかったダンボール箱も開けてみたが、日誌はなかった」

「別の場所にあるのかな？」

「研究に関する日誌だとすれば、ここにないとおかしい」

「家をもっと探してみれば？」

「ないと思うけど、探してみるよ」

「それから、この部屋のことをパパに話してもいい？」

そういえば、京子のお父さんが、父の研究を支援していた話を聞いたことがあった。

「いいよ」

「パパも関心もつと思うな」

僕たちは、研究部屋をあとにした。

4

やはり、家には日誌はない。そもそも母はなぜ父のことを多く語らなかったのか。あの部屋のこともそうだが、考古学のことなど何ひとつ聞いたことはない。今まで母が父のことを何もしゃべらなかったことに疑問を持ったことはなかったが、母が死んで、父の人生そのものといえる研究部屋を見た途端、違和感を持った。僕はその違和感から、母はしゃべらなかったのではなく、しゃべりたくなかったのだと思うようになった。ただその理由はわからない。

父が亡くなってから母は女手ひとつで僕を一生懸命に育ててくれた。でも振り返ってみると母が不自然なほどに父のことを語らなかったことが、友達と比べて僕の中で何か欠けていると思ってきたことと関係があるような気がしてきた。自然に心を開ける友達がいないのだ。どうしても距離を作ってしまうのだ。自分の核を形成しているパーツが欠けているのだ。そのせいで、自信が持てないのかもしれない。

携帯が鳴る。ラインで京子がメッセージを送ってきた。

「ねえ、日誌あった?」

「ない」

「ないんだ。どこにあるのかな？」

「母が隠した気がする」と確信を持って言う。

「なんで？」

「なんでも」

「教えてよ、ちゃんと」

「母は何も父の仕事について言わなかったんだ。それは言わなかったのではなく、言いたくなかったからじゃないかと思う」

「どうして言いたくなかったの？」

「わからない」

「ねえ、もしかして……」

　しばらく沈黙が続く
「何？」

「なんでもない……」

「何か気がついたなら言えよ」

「うん、お父さん、研究の調査をしている時に事故で亡くなったんだよね」

「そうだよ」

「もし日誌があったら、健がその日誌を見て、事故があった場所とかに行きたくなるので、それが嫌だったとか」

自分でもそうかもしれないと思うことを京子に言われた。

「捨てちゃったのかな？」

「母の性格からいって父が人生をかけてやった仕事の日誌を捨てられなかった気がする」

「じゃ、探してみよう！」

「そうだね。まず、ヒントが家にないか調べてみる」

京子からグッドのサインが送られてくる。

5

ヒントがないか探すがぴんと来るものはない。ヒントを探しながら、父のことどころか、母のことも自分はよく知らないと感じた。一体今まで自分は何を考えて生きてきたのかと思うほどだ。それで、今日は母の親友に会ってみることにした。

家の近所の喫茶店で待っていると、母と同じ年くらいなのに、いつも明るい色調の服をおしゃれに着こなしている齊藤雅子さんが現れた。

「健君、元気？」

「はい、元気です」

「お葬式の時には、あまり話さなかったので、どうしたかなと思ってたところに丁度、電話をもらったので」

「すみません。お忙しいところ来ていただきまして」

「それより私に電話をしてくるなんて何かあった？」

「いいえ、特に何かあったというわけではないんです。ただ、雅子おばさんは、母と長い間、友達でいていただいたので、母のことはよく知っているのではと思ったのです」

「そうね、明子とは、高校生からだから、30年以上だわ」

「ええ、母が死んで、自分が母のことも父のことも全く知らなくて、ちょっと聞きたいと思ったのです」

「何を？」

「母は父が考古学をやっていたことをどう思っていたのですか？」

「明子は、亮さんのことをいつも応援していたのよ。調査費が足りなくなると、実家に借りに行ったりしてサポートしていたわ」

「そうなんですか？　てっきり母は父の仕事が嫌いだったのかなと思っていたんです」

「どうして？」と雅子おばさんは驚いたようだ。

「実は、父が死んでから、母は父の仕事の話は僕にほとんどしなかったんです」

「そう……」

「それと父の事故についてなんですが、何か聞いていますか？」

「中国で調査をしている時に崖から落ちて亡くなったと聞いたけど、詳しいことは聞きにくかったし、知らないわ」

「そうですか。中国のどの地方とか聞いてますか？」

「昔の話でよく覚えてない。ごめんなさい」

「実は父が研究に使っていた日誌がないのですが、ご存じないですか？」

「知らないわ。どうして？」

「母が隠したのではないかと思っているんです」

「どうして隠したと思っているの？」

「その日誌を見て、僕が何か行動を起こすのが嫌で、見せないようにどこかに隠した気がするんです」

「そうなのね。そういえば、健君には考古学はやって欲しくないと言ってたことがある」

「それはいつですか、父が亡くなった後ですか？」

「いいえ、もっと前からよ。亮さんが研究のために危険なところばかり行くし、何カ月も帰ってこないし、お金もかかるからと笑いながら話してたわ」

「そうですか。父の考古学の仕事部屋があるのを雅子おばさんは知ってました？」

「そうそう、そこでたまに一緒に徹夜すると言ってたわ」

「えっ、ということは母も父の調査研究を手伝ってたんですね」意外な事実がわかり驚くとともに少し嬉しい気持ちになる。

「そうよ、さっきも言ったように、いつも亮さんをサポートしてた」

雅子おばさんに挨拶をして店を出る。初めて知ることばかりだ。でも日誌のある場所は皆目見当がつかない。


家に帰り、何か母の行動がわかるものはないかと考える。母は日記は書いていなかったし、手帳も持っていなかった。母の荷物がまだ入ったダンボール箱を眺める。あるダンボール箱を見た時、その箱に書かれた「家計簿」という文字に目がとまる。家計簿があった。母は几帳面な性格だったので、どんなことも家計簿に書いていた。これを見れば母の行動も把握できるはずだ。

3つのダンボール箱には結婚してからの23年間分の家計簿がぎっしりと入っていた。結婚した当時の家計簿から順に見てみる。母の結婚したばかりの初々しい決意も書かれてあり微笑ましい。父が最後の調査へ中国へ出かけた時も、毎回調査に行く時と同じように無事に帰国してくださいと旅費の項目の横に書いている。父が亡くなってからは家計簿にも動揺があるのがわかる。葬式でも涙が出てこなかったが、これを読んでいるうちに嗚咽がこみあげ、涙が止まらない。当時10歳の僕の前では気丈に振舞っていたが、実際は途方に暮れていたのだ。運が良いことに、母方の祖父も亡くなっていて、アパートを所有していたため家賃収入が多くはなかったが、毎月入ってきたたし、それ以外も母は薬膳料理を研究し、生徒をとって教えるようになり、本を出すまでになった。そうやって稼いでくれたおかげで、僕は何不自由なく育った。

ここ3年、母は病気がちで、頻繁に病院に行っていた。領収書も病院のものが多く、薬代も増えるばかりだった。また、この家計簿で初めて知ったことが多いが、病気になって通院が始まった頃から、母は頻繁に教会に行っている。それは教会への寄付という項目からわかる。母がキリスト教徒になっていたなんて全く知らなかった。どこの教会に行っていたかは、すぐわかったので、とにかくその教会に行ってみることにした。

6

教会はこぢんまりとしていた。中に入ると、祭壇の上にあるステンドグラスが目に飛び込んでくる。それに見とれていると、1人の紳士が近づいてきた。

「あなたはどちら様ですか?」

「すみません。私は竜神健と申します。母は竜神明子と申しまして、こちらの教会に伺っていたと思うのですが……」

「明子さんの息子さんですね。よく明子さんが話をされてました。私は神父をしています住谷修一と申します」と明るい表情に変わる。

住谷という神父は50歳くらいだろうか、白髪が混じったダンディーな雰囲気の方だ。

「良かった……母のことをご存じなのですね。実は、母は2週間前に亡くなりまして、荷物の整理をしている時にこちらの教会のことを知り、来ました」

「明子さん、亡くなられたのですか？　最近、体調が悪いのは存じていましたが、まだ、お若いのに残念です」

「母は、キリスト教徒になっていたんですか？」

「はい、3年前に洗礼を受けて、キリスト教徒になられています」

「全く知りませんでした。何も母は話してくれなかったものですから。もし知っていれば、神父さんにお願いして、教会でお葬式をさせていただいたのですが、申し訳ありません」

「そうですか、それでは今から少し明子さんのためにお祈りをさせていただいてよろしいですか？」

「お願いします」

住谷神父は祭壇に向かって歩いていき、その前で、お祈りを始めた。僕もあわてて祭壇の前に行き、一緒に祈りをささげた。

祈りが終わり、僕はすぐ質問をした。

「母はなぜ、キリスト教徒になったのでしょうか？」

「癌にかかりイエス様の教えに触れ、信奉されたのだと思います」

「母は、神父さんに何かと相談されていたのでしょうか？」

「話し相手にはなったかもしれません」

「父の話もしたのでしょうか？」

「父上とあなたの話は確かに多かったですね」

「父のどんなことを話してましたか？」

「父上の冒険のような調査研究について、話をされていました。私も個人的に好きな話でしたから」

「神父さんには父の話をしたんですね、僕も聞いてみたかったです。母は父のことを僕には話しませんでした。ところで、父の日誌について母は話をしませんでしたか？」

「お父様の日誌ですか、話をされたことはないと思います」

「そうですか、父の日誌を探しているのですが、どうしても見つかりません」

「見つかるといいですね」

「今度またお時間をいただいて母が話をしていた父の話を聞かせてもらってもよろしいですか？」

「もちろんです」

「よろしくお願いします。また伺います」

お辞儀をして、教会をあとにした。

家に戻ってさらに最近の家計簿をじっくり見てみた。そこでひっかかる項目が見つかる。宅配を使った項目だ。今まで宅配を使った場合、どこに何を送ったかを記載している。しかし、この項目だけは、送付した伝票しか貼ってない。伝票にはダンボール箱が2個と記されている。父の調査部屋からだった。手が汗ばんできた。しかし、運んだ先の住所も氏名も全く知らない。その住所と名前を手帳に書いて、家を飛び出した。

7

メモに書かれた住所の場所に着いた。大きな庭がある一軒家である。インターホンで呼び出すと、すぐに中から返事があった。

「どちらさまですか?」

「竜神健と申しまして、竜神明子の息子です。竜神明子をご存じだと思うのですが?」

「竜神明子さん、存じませんね」

「すみません、家の他の方が知っているのかもしれません。2カ月前にこちらに母がダンボール箱を2箱送ったのですが、その中身を見させていただきたいのです」

「ちょっとお待ちください」

しばらくすると白髪のおばあさんが車椅子に乗って出てきた。後ろはお手伝いさんだろうか、車椅子を押している。

「竜神健と申します」

「鈴木加奈子と申します。竜神明子さんですか、存じませんね」と白髪のおばあさんが笑顔で答えた。

「母がこちらにダンボール箱を送ったのは間違いないので、どこかにあると思うので、確認していただけませんか?」

「わかりました。調べてみますね」

「ありがとうございます」とお辞儀をして、手帳に自分の携帯番号と名前を書いて、手帳のページを破り渡す。「連絡先を教えていただけますか?」と聞くと、後ろで車椅子を押していた女性が「私は鈴木家のお手伝いをしています佐藤と申します」と言うと僕の携帯電話が鳴った。佐藤さんが僕の携帯番号に電話をしたのだ。「こちらにご連絡ください」

お礼を言って、鈴木家を去った。

後日、鈴木家から連絡があったが、やはり見当たらないと言われた。しかし、宅配業者が母からの依頼で送ったのは間違いない。絶対に鈴木家にあって何か理由があり、隠しているのだ。だいたい、母の死の直前に父の研究部屋から2箱を動かすこと自体おかしい。父の死に関する事か、それとも別の事か、とにかく父に関係する事は、母は話したがらなかった。鈴木家に忍び込むわけにはいかないし、神父さんに相談に行くことにする。

8

日曜日は礼拝の日だ。終わるまで教会の前で待つことにする。

2時間ほど経つと、礼拝が終わり、教会から人が出てきた。出てくる教徒たちと一緒に神父が見える。その神父の横に車椅子の老婆が見える。鈴木加奈子さんだ。これでつながった。母とはこの教会で知り合ったに違いない。

「神父さん、鈴木さん、こんにちは」

神父さんと鈴木さんは、僕の顔を見て驚いている。

「竜神さん、本当に我が家には何もないのです」

「いいえ、必ずあるはずです。母は僕に父の日誌を見せたくないので、鈴木さんにお願いして預かってもらっているのではないですか？」

「もう隠せないのではないですか、加奈子さん。それにしても健さんは素晴らしい調査能力をお持ちですね。お父さん譲りなのでしょうね」

「住谷神父……」

「母がお願いして、預かっていただいているのですね」

「そうです。あなたのことを明子さんはとても心配されていました。日誌を読んだら、あの子も亮さんと同じように調査へ行ってしまうのではと恐れていました」

「やはりそうでしたか……でも父の日誌を私へ戻してください。お願いします」

住谷神父は鈴木さんを見て、うなずく。

「わかりました。家に戻り、すぐにあなたの家へ送ります。でもくれぐれも、明子さんの恐れていたことを理解して行動してください」と鈴木さんは心配顔でそう念を押した。

9

今日、ダンボール箱が届く――。朝から心待ちにしていて、外で音がする度に窓のところに行って、宅配業者のトラックが来てないか確認する。何度、窓の外を見たことか、午後になって宅配業者のトラックが止まるとすぐに飛び出していってダンボール箱をもらう。2箱のダンボール箱には、日誌と父の研究資料がぎっしりと詰まっていた。日誌は全部で247冊もある。膨大な量だ。

呼び鈴が鳴る。さっき京子に連絡したので、彼女が来たのだ。

「ついに日誌があったんだって、明子おばさんが隠していた場所を捜し出すなんて名探偵ね」

「必死に探したよ」

「早く見てみようよ。興奮するね」

確かに興奮している。ここに何が書かれているかわからないが、自分の運命を変えるものが書かれている気がする。僕がまず手にとった日誌は、父が一番最初にマルコ・ポーロの生地であるベネチアを訪ねたところから書いてある。その時、京子が「ねえ、これ何?」と言って、見たことのない文字で書かれた日誌を見せた。後半の日誌はすべてこの文字で書かれている。

「誰かに見られた時でも簡単にはわからないようにしていたにちがいない」

「ますます神秘的で楽しくなってきた」

「とにかく父の研究や調査の目的を把握しよう。そのためには、最初から見ていかないとわからない」

日誌はきちんと整理されてダンボール箱に入っていたので、順番に読むのは容易だった。

僕が生まれた時のことも書かれている。日誌でもあり、研究ノートのような側面もある。

「8月13日　今日、息子が生まれた。健と命名した。明子と話し合って決めた。健やかに育って欲しいという願いをこめて。息子ができたのだ、さらに研究に力が入る」

「9月10日　まだ首もすわってない健をおいて、中国の蘇州、楊州と雲南に調査へ行く。後ろ髪をひかれる」

「9月30日　やっと帰国した。健は、だいぶ太ったが、健康に丈夫に育っている。この調査で、驚くべきことがわかったが、まだ確証が持てない。裏づけ調査を、慎重にしないといけないが、どういう風に裏づけ調査をするか、簡単ではない。あまりに古く資料もない」

「10月30日　一カ月、調査を多方面で行うが、全く進展なし。ベネチアに行ってみて、ポーロ家の人に会うしかないか」

「11月25日　やっとイタリアの学者の知人をたどって、ポーロ家の人に会えそうだ」

「12月20日　いよいよベネチアだ。町はクリスマスの飾りつけで、とても綺麗だ。これから、ポーロ家の人と会うので、緊張と興奮で、地に足がついてない感じだ」

「12月21日　ポーロ家の人は、みんな驚いたようだが、我が先祖から家宝としてきた金貨を見せると、一部の人を除いて信用してもらったようだ。ただ、自分が調査して知った事実が、ある程度、裏付けられたわけだが、自分でまだ消化しきれてない。一部の人には、警戒されてた。また、明後日もパーティーに呼んでいただいた。そこで、また色々話そうと思う」

　金貨は、あの貸金庫に入っていたのに違いない――。

「12月23日　パーティーに出席したが、そこで、ポーロ家の少年にジパングを探しているのか、と聞かれる。それを聞いたポーロ家の人は、かなり焦っていた。どういうことだろう。今日はたいした話ができなかった、残念」

「12月25日　もっと話をしたかったが、日本に帰らないといけない。糸井先生やモンゴル大のポルジギン先生にも会って今回起こったことの話をして、一緒に調査研究をできないか相談してみよう」

「12月27日　帰国すると可愛い息子が微笑みで迎えてくれた。幸せを実感する。今日は、午後、糸井先生と打ち合わせ」


　神経が張り詰めていたのと、あまり覚えていない父の自分に対する思いで、かなり疲れていて、知らないうちに眠ってしまった。起きると「帰るね」というメモをおいて、京子はいなくなっていた。


　次の日、京子からメッセージが来る。

「昨日の日誌凄かったね。これからどうするの？」

「もちろん日誌も読み進めるけど、父の友達だった糸井先生に会ってみようと思う」

「お父さんの研究の足取りを追うのね」

「そうだね。父がマルコ・ポーロの研究をしていたのはわかった。でもそれで終わりでなく、何を目的として研究していたのかを知りたい」

10

父の学友の糸井教授を訪ねる。父と糸井教授は、大学時代から6年も一緒に勉強してきた仲だ。

「健君、大きくなったね。明子さんが亡くなったんだって、明子さんも若いのに本当に残念だ」

「今日は父の研究について伺いたいのですが、父はマルコ・ポーロの何を研究していたのですか？」

「亮は、まずはモンゴル帝国に興味を持ったんだ。なぜ、草原に住んでいた一族が、世界最大の帝国を築くことができたのかという史実に強く惹かれていた。その中で、フビライ・ハンが領土を拡大し、大国を作った。そのフビライ・ハンに寵愛されていたのが、マルコ・ポーロだった。亮は調べていく中で、マルコ・ポーロが特に好きになり、東方見聞録に書いてあるマルコ・ポーロの足取りの研究をしていた。どこに行ったかだけでなく、東方見聞録に書かれていない任務なども調べていたが、７００年以上も前のことで資料も少ないし、なかなか大変な調査をしていたよ」

「父の日誌が見つかったんですが、後半の部分は、見たことのない文字で書かれているんです。こういう文字なのですが、わかりませんか？」

父の日誌から書き写してきた文字を糸井教授に見せる。

「見たことのない文字だな。今、それ持っていますか？」

「はい、一部ですが、持ってきました」

その文字を見せるが、糸井教授は知らないと首を振る。

「そうですか。でも父の研究の目的がわかったので、良かったです」

「これ、もらっておいて良い？」と糸井教授は文字が書かれたメモをつかんだ。

「もちろんです。何かわかったら連絡ください」


マルコ・ポーロは、１２５４年にベネチア共和国で商人の家に生まれた。父に連れられて１２７１年、当時、世界を席巻していたモンゴル帝国・元に行く。そして第5代皇帝フビライ・ハンに気にいられ24年間に渡り元に滞在し、要職に就いている。そのあと、ベネチアに戻り、ジェノア共和国との戦争に参加、捕虜として投獄されている時に、囚人仲間に半生を話したことがあとに「東方見聞録」として世に出ることになるのである。この「東方見聞録」は、中国のみならずマルコ・ポーロが旅をした地域の当時の様子を知る貴重な資料となっている。ただ、実際の業務やプライベートはほとんど触れられておらず神秘的な内容の箇所も多い。

父は、このマルコ・ポーロに取りつかれ半生をその研究に費やした。そして、マルコ・ポーロの足跡を追っている途中で事故にあい、人生を終えたのだ。今僕は、自分も父の足跡とマルコ・ポーロについて追いかけたいという強い衝動に駆られている。

11

久しぶりに大学に行った。空手部のたまり場に行くと先輩がいっぱいいる。

「健、お母さん、大変だったな」

「もう大丈夫かい」

なぐさめられると逆に落ち込む。

「いえ、覚悟はだいぶ前から、してましたから」

「そうか、落ち着いたら部に出てこいよ」

「ありがとうございます」

そこへ京子がやってくる。

「健、日誌読み進めてる？」

「日誌って？」先輩が聞く。

「健の父親は考古学者でその調査日誌が出てきたんです」

「なんか、面白そうだ」

「京子、余計なことを言うなよ」と強い口調になる。

「ロマンがあるな。読みたいよ」

「いえ、もっと地味でして、映画のようにいろんなことがすぐ発見できるようなものではないです」と声のトーンを落として話す。

「それはそうだろうな」

「健、日誌は読んでる？」京子が先輩たちにかまわず、また同じことを聞いてきた。

「ああ、少しずつ読んでるよ。色々調べながら、読んでるんで、時間がかかるんだ」

「手伝うよ」

「ありがとう」


日誌を読み進めていると、茶色に変色したページの中に、比較的新しいものらしい白い封筒が入っていた。その封筒の中身は母からの手紙だった。

「健、これを読んでいるということは、やはりお父さんの日誌を見つけてしまったのね。お父さんはマルコ・ポーロの研究をしていて、謎を解明するため、調査に頻繁に行くようになったの。そして私が恐れていた通り、事故にあって亡くなってしまった。私はお父さんの調査・研究をいつも助けていたので、何をしていたかはわかっていたわ。それは、危険が伴うことでもあったの。私はあなたがこの日誌を読んで、お父さんと同じような道に進むことだけは阻止したかったの。人生には、多くの選択肢があるのよ。私は、あなたが幸せに安全に人生を送ってくれることを望んでいます。あなたが、この手紙を読んで、自分の進む道をよく考えて選んでほしい。　母より」

　手紙を読んで、悲しくなるというより、また、無気力な状態になった。それは母の強い思いを感じたからだ。ただ僕が父と同じ道を歩むのを阻止したかったのならば、日誌を捨てれば済むことだ。日誌をとっておいたということは、母が手紙で書いたように、僕に人生の進む道を自分でしっかり選びなさいという強いメッセージなのだ。それは、父と同じ道を進んでほしくはないが、覚悟をもって選ぶなら、それも僕の人生だと母は思っているということだ。その強いメッセージを受けて、僕は、自分の道を決めかねていた。日誌は読み進めれば良いのだが、どうも自分の覚悟を決めないと読む気になれなかった。

12

大学の図書館は、新しく立派だ。語学用の端末やパソコンなどの設備が充実しているし、天井が高く吹きぬけになっていて、自習にもよくここを使っている。家にいて気が滅入る時は、図書館で多くの時間を費やしている。とてもリラックスできる場所で、気に入っている。

「健、やっぱりここにいたんだ。メールや電話かけても返信ないから心配したんだよ」

「ああ、ちょっとやる気がなくて……」

「そういう時は、部に来て空手しなよ。体を動かした方が良いってば」

僕は京子に母の手紙の話をした。

「それで進む道に迷っているのね」

「迷ったというより、どこにも進み出せないという感じかな」

「京子、授業が始まるよ」と取り巻きの1人から京子に声がかかる。

「今行く。私行くね」

そう言うと、京子は図書館から出ていった。

第二章

人生を大きく変えるベネチア旅行

1

2週間くらい過ぎても無気力な状態が続いた。母のこともっと知りたくて、段ボール箱に沢山あった薬膳のレシピ・ノートを出してきて、作ってみる。母のレシピは、体調や持病に合わせてアレンジできるよう工夫されていた。生徒に教えるためだと思うが、他の人が作るにしてもすぐ作れるようにわかりやすく書かれている。試しに作ってみようとノートをパラパラめくっていると風邪をひいた時によく作ってくれた卵スープがあった。これは懐かしいと思って、作ってみることにした。ノートの通りに具材や調味料も用意して、作ると簡単に母のレシピを再現できた。それを食べると、世にいうおふくろの味を感じて、食べながらどんどん涙が出てきた。台所で料理をしている母の後ろ姿、僕に料理を出して美味しいと言った時の母の笑顔などを次々と思い出した。

そんな生活を過ごしていたある日、ベネチアから英文の手紙が届いた。正確にいうと、招待状だ。マルコ・ポーロのファミリーパーティーと書いてある。パーティーの期日は3週間後。ひどい冗談だと思ったが、航空機の往復のチケットとホテルの予約確認書が同封されていて、冗談ではないことはわかった。それにしても、誰が、なんのために僕にこの招待状を送付してきたのか、全く理解できない。自分は冷静なつもりだが、心はざわついていて、思考回路が止まったようだ。気付くと京子にメールしていた。

京子がやってきた。

「どうしたの？　急に家に来てなんて」

「自分でどうしたら良いのかわからなくて」

「どうかしたの？」

「ベネチアからこういう招待状が来た」

京子に招待状を渡す。

「不思議な招待状ね。行くの？」

「何も考えられなくて、京子と話したくなったんだ」

「行ってみれば？」

「マルコ・ポーロファミリーのパーティーってなんだよ。意味がわからないし、イタリア語は全くわからないし、英語でさえうまくないし、でも行ってみたい気持ちもある」

「私が一緒に行ってあげるよ。英語もできるし」

「本当に？　京子が一緒に行ってくれるのは心強い！　でも飛行機もホテル代も1人分だし……」

「パパに話したら、出してもらえると思う」と言う京子を見て少し落ち着いてきた。

「それなら、やっぱり行ってみたい」

「パパにすぐ相談するわ」

「ありがとう」


京子からは、すぐ「パパのOKでた！」というメッセージが送られてきた。その日から急に忙しくなった。パスポートを取りに行ったり、本屋でベネチアのガイドブックを買ったりである。ベネチアは小さい街だ。水の都と呼ばれている。マルコ・ポーロの子孫と会うので、マルコ・ポーロの事をもっと調べてみる。1200年代の人なので、そんなに資料があるわけでもないが、ネットや図書館で調べられることは調べてみた。

それにしても、皆目見当がつかない。どうして、僕に招待状が来たのか、これは何を意味しているのか――、考えてもわかるわけがない。行ってみるしかない。

成田空港まで、京子のお父さんの真おじさんが送ってくれた。

「健君、京子をよろしく頼むよ」

「いえ、私の方が、お世話になると思います」と弱々しく返答する。

「パパ、大丈夫よ」

「健君、ベネチア空港で日本語を話すファビオという迎えの者がいるので、心配しないでいいよ」真おじさんは色々と気遣ってくれ、僕を安心させようとしてくれる。

「何から何までありがとうございます。それでは行ってきます」

「パパ、それじゃあね。メールするから」

「気をつけて行ってきなさい」

京子のお父さんと別れ、出国審査を受け、搭乗口へ向かう。ここは正式に言うと、日本ではないらしい。初めて日本から離れるということ、わけのわからない招待状を持ってベネチアに乗り込むことで、通常の精神状態ではない。不安だけど、何か父のこともわかるかもしれないと期待もあるし、一種の興奮状態にある。一方、海外に行きなれている京子は僕よりずっと冷静だ。免税店であれこれ免税商品を見ている。

そろそろ飛行機に乗る時間だ。いよいよ出発だ。

2

ローマで国内便に乗り換えマルコ・ポーロ空港に着く。出口に漢字で僕たちの名前を書いたボードを持った大きな男が立っている。おそらくファビオという男だ。

「すみません、ファビオさんですか？」

「こんにちは、ケンさんとキョウコさんですね」

思った以上に流暢な日本語で驚いたが、東京で日本の会社に5年ほど勤めていたそうで、真おじさんとは仕事で知り合ったようだ。空港からベネチアまでは、水上バスで行く。なんとも風情があるなと独り言を言っていると横で京子が笑っている。

水上バスに乗って、ベネチアに向かうと水の都という意味がよくわかる。まるで海の上に人工に作られた都市のようだ。街中に人がすれ違うのも大変なほど狭い道が無数にある。家の中まで水が入ってきている家もある。家に船がある家も多い。まるで自転車のように船を使っているのだ。街並みもとても綺麗だ。パステルカラーの家が多く、メルヘンな場所に来てしまった。今、自分の置かれている環境とこの風景がマッチしていて、まるで映画の世界に間違って飛び込んでしまった感じだ。そんなことを考えているとホテルに到着した。専用の船着き場に水上バスが着き、裏からホテルに入る。ホテルの人たちが一斉に

「ボンジョルノ」と陽気に声をかけてくれる。京子も「ボンジョルノ」と言い返している。

「今日はゆっくり休んでください。パーティーは明後日なので、明日は観光に行きましょう。さきほど、ポーロ家の人たちにもケンさんが到着したと報告を入れました。凄く喜んでました」

「ファビオさん、どうして私は招待されたのでしょう。何か知ってますか？」

「よく知りませんが、明後日わかりますよ」

「わかりました。ありがとうございます」

「健、明日どこに行くか一緒にガイドを見てみない？」

「京子に任せるよ。僕はどこでもいい」

「わかった。それじゃ、明日の朝一緒に朝食食べよう」

「じゃ、8時にロビーで、おやすみ」

「おやすみ」

部屋に着く。気分が高まって飛行機ではよく眠れなかったため、睡魔が襲ってきた。

目覚まし時計のベルが鳴っている。朝だ。気がつくと7時50分だ。あわてて服を着替えて、ロビーに行く。京子はすでに、観光ガイドを持って椅子に座って待っている。

「おはよう」

「おはよう。よく眠れた？」

「ああ、ぐっすりだよ」

「そう、行きたい場所を考えたから、そこでいいか見てよ」

「どこでもいいよ。任せるって言っただろう」

「そうだけど、確認してもらってもいいでしょう」

「わかった。腹が減ったから、食べながらにしよう」

「そうね、ここはビュッフェスタイルよ。レストランに行きましょう」

レストランは1階にあった。赤い絨毯が敷かれていてとてもゴージャスな感じだ。ビュッフェ形式なので、あれもこれもとってしまって凄い量になってしまった。京子はいつも小食だ。僕はどうみても京子の3倍はとってきてしまった。

「何その量？」

「ついつい取っちゃって……」と自分でも焦っている。

「残さず食べなさいよ」

「わかってるよ」

「早速だけど、今日はまずサンマルコ寺院に行って、鐘楼に上って、昼食を食べたら、ゴンドラに乗ろう、いいでしょ。そのあとは、博物館と美術館に行きたい」

「わかった、わかった。そうしよう」

まるで観光に来た恋人のように1日を過ごした。京子は目を輝かせながら、ガイドブックやスマホを手に次々と観光地を巡る。僕は明日のパーティーの事が頭から離れず、どこに行っても上の空だ。

それでもゴンドラは楽しかった。ゴンドラ乗り場から、運河を通ってベネチア中心地を巡って戻ってくる。僕は恥ずかしいので嫌だったが、カンツォーネを歌ってくれる歌手を乗せて一緒に巡る。特にカンツォーネは知らないが、さすがに「オー・ソレ・ミオ」と「サンタルチア」は知っている。最初は恥ずかしかったのだが、ベネチアの運河を巡りながらカンツォーネを聞くのは、ここの風景ともマッチしていて違和感がない。やはり文化というものは、そこの土地に根差してできていくものなんだと感じてしまう。狭い航路を曲がる時は、向こうから来るゴンドラが見えないので、ぶつからないように船頭が声を掛け合うし、急に止まる時は、足を家の壁につけて止まったりと職人技に見とれてしまう。最後の博物館と美術館は辛かった。落ち着いて見られない。京子は楽しそうだ。

それより気になるのはあとをつけている男がいることだ。空手をやっていて殺気などを感じることができるようになったからなのか、尾行されていることがわかる能力があるようだ。今回は尾行というより監視されている感じだったが――。

3

ついにポーロ家のパーティーの日が来た。僕は着慣れない紺のスーツ、京子はピンクの華やかなドレスに豪華な首飾り。フォーマルなドレスを着慣れている京子と僕とでは釣り合わない感じがして、一緒に歩きたくない。そんなことを考えていると、ファビオが車で迎えにきてパーティー会場に着いた。

ゴージャスなイタリア建築の建物で、年季が入っている感じだ。

「ケンさん、3階にエレベーターで上がってください。皆さま、お待ちかねです」

ファビオはそう言って、僕と京子をエレベーターに乗せ、3階のボタンを押す。

「終わるまでここにいますので、それでは楽しんできてください」

3階に上がると、ウェイターが扉を開けてくれる。暑くもないのに、体中から汗が噴き出してきた。自分の心臓の音がわかる。さすがの京子も緊張しているのか表情が硬い。

扉が開くとパーティードレスやスーツで着飾った男女が目に飛び込んでくる。

赤い華やかなドレスを着た女性が近づいてきた。

「ケンですか?」と英語で聞かれ「そうです。こちらは友人の京子です」と紹介する。

「京子です。ご招待いただき、ありがとうございます」と京子は流暢な英語で挨拶する。

「私はアンナです」

「京子、なんで招待されたか聞いて」

「アンナさん、健がなぜ招待されたのか聞きたいと言ってます」

アンナに笑顔で「焦らないで、奥に入ってください」と促され、歩きだす。全員で15人いる。奥の席に、おばあさんがいる。名前はマリアというそうだ。とても上品で優しそうだが、威厳もある。

「ケン？」とマリアが言うとハグしてくる。親しみを感じているようだ。なぜだろう。

「リョウとそっくり。お母さんは残念だったわね」父の名前を言ったことはわかった。やっぱり父のことを知っている人たちなのだ。

アンナが他の人を順番に紹介してくれるが、そもそもポーロ家のことがわかってないので、覚えられない。それに父の名前が出て、少しパニックになってしまった。京子に目で促してもう一度招待された理由を聞いてもらう。その回答は、驚くべきものだった。

「ケン、あなたはポーロ家の人だからよ。リョウがそうだったように、その息子のあなたは、私たちの遠い親戚なのよ」京子も通訳しながら、信じられないといった顔をしている。

「どうして、そんなことがわかったのですか？」下手な英語で直接聞いてしまう。

「リョウが、それを調べて私たちに証拠を見せたのよ。最初は信じられなかったけど、マルコが残したものと多くのことが一致したので信じたわ」

父も僕もマルコ・ポーロの血を引いている、こんなあり得ないことが信じられるだろうか？

1人の男が近づいてきた。「はじめまして。僕はセバスチャン。よろしく」彼は、このパーティーに出席している中では一番若く、僕よりは3歳年上で実業家だそうだ。青い目で、背も高く、まるで映画スターのようだ。

そのあとの話で色々なことがわかった。父が死ぬ前に、毎年このパーティーに出ていたこと。そして僕の話もしていたためポーロ家の人は僕という存在を知っていたこと。父が亡くなってから母が招待状は送らないでくださいとお願いしていたこと。そして今回、母が亡くなったことを知って招待状を送ったこと。しかし、ここまで聞いても、信じることができないというか受け止めることができず思考が止まってしまった。あっという間の2時間だった。食事も酒も喉を通らず、再会を約束し挨拶をして帰ろうとすると、アンナが名刺を僕に渡し、僕の連絡先をメモに書かされた。帰りの車の中、一言も京子とも話せずいた。京子も驚いたのか、それとも疲れたのかぐったりしていた。

4

夢の中にいるようなベネチアから家に帰ってきた。まだ信じられないが、研究部屋にいくつか家系図があったのは覚えていたので、まずそれを見たかった。

マルコ・ポーロの家系図を見る。マルコには2人の妻がいて、1人はイタリア人、それからもう1人は中国人の女性で、ここから2系統に分かれて家系図が書かれている。それを追い続けると、父の名前が最後にあった。この信じがたい話は本当なのか？　父より丁度10代前の先祖から日本名になっている。この頃、日本に渡ってきたのだろうか。

これがわかった時、父は何を考えたのか。

母もこのことも知っていたのだろう。

そして僕はこれからどうすれば良いのか。

そんなことを考えながら、家系図をじっと見つめている。思考停止状態から、何かしないといけないという気持ちに僕の心情が変化してきたのを感じる。どうすれば良いのか、まだわからない。でも動かないといけない。


相手の動きを予測し、拳をつく。間合いと気合が大切だが、相手の動きをしっかり見ることはもっと大切だ。

「そこまで。健、しばらくぶりにしては、集中していて動きが良かった。相手が見えていたな」

「先生、ありがとうございます」

汗だくだが、もやもやした気持ちを払うのには、悪くない。戦いながらだが、頭がクリアになってくる感じだ。

「健、今日は別人、特訓でもしてた？」京子が声をかけてくる。

「するわけないだろう。でも、無性に空手をやりたくなったんだ」

「なんかわかる気がする。信じられないことばかり起きたものね。動く気がずっとしなかったんでしょ。それがたまって爆発した感じ」

「いや、それが反対なんだ。あんな事実がわかって以来、何か動かないといけないという衝動があるのに、どうしたら良いかわからず頭の中の整理も出来てなかった。それで空手がしたくなったんだ」

「ふーん、そうなんだ。それで頭の中の整理はできた？」

「うん、とにかく父が追いかけていた研究の足取りを追いかけてみるしかないという結論になった」

「じゃ、また研究部屋の生活が始まるのね」

「そうだね、コンビニと行ったり来たりだ」

「お弁当を持って手伝いに行くわ」と京子が意気込む。

5

父は大学院の時に、フビライ・ハンのモンゴル帝国（元）拡大の足跡と意義について、論文を書いている。おそらく、フビライ・ハンを研究している過程で、そのフビライ・ハンに長い間、仕えたマルコ・ポーロにも興味をもったのだろう。そして、その2年後には、マルコ・ポーロについて言及している論文がある。

そして、これは、ベネチアへの旅から始まっている。僕も新しいノートを買ってきて、同じようにこの間行ったあのベネチア旅行からメモを書き始めている。

マルコ・ポーロが仕えていたフビライ・ハンだが、その前にモンゴル帝国（元）について理解しないといけない。

日本人にとっては、本質的に理解しにくい点がある。日本でも乱世の時代があり、多くの武将が覇権を争い、天皇が統治したり、しなかったりということで、実際の統治をしている勢力は変わっている。ただし、中国の場合は、もっとダイナミックだ。様々な民族が中国を支配し、また別の民族が取って代わる。近代史でも中国は、漢民族と違う民族が交互に支配者として中国を治めている。民族が違うというのは風習や言葉でさえ全く違うことだ。これは、日本人には頭でわかったとしても感覚としてはわからないところだ。具体的に言うと、モンゴル帝国の前は、「宋」の時代。宋は、960年から1279年までの王朝で、漢民族である。その宋はモンゴル族に滅ぼされモンゴル帝国（「元」）が始まる。元は、1271年から1368年までで、公用語も漢語ではなくモンゴル語だ。その元を打ち破ったのは、漢民族であり、「明」を建国する。明は、1368年から1644年までで、もちろん公用語も漢語である。そしてこの明を滅ぼしたのは、漢民族ではない満州族であり、「清」となる。公用語はまた、漢語から変わり満州語となる。そして清は1644年から辛亥革命が起こり漢民族に支配を奪還されるまでの1912年まで中国を統一していた。

こうみると中国の近代史は、漢民族とその他の民族の覇権争いの繰り返しと言える。その中でも圧倒的な領土と富を持っていたのは、遊牧民族だったモンゴル民族が始めた元なのだ。

モンゴル帝国に話は戻る。モンゴル帝国は、モンゴルの遊牧民を統一したチンギス・ハンが、中国のみならず中央アジアそして東ヨーロッパまでを一代で統治した大帝国である。飛行機や車がない時代を考えると統治した規模の大きさには驚かされる。

第5代の皇帝フビライ・ハンは、1271年にモンゴル帝国の国号を大元と改名した。フビライ・ハンは、モンゴル文化や制度を変え漢民族がなじむ文化や制度を作った。それによって、モンゴル帝国を長く統治できたのだ。彼は1271年から1294年まで皇帝として君臨する。そして、中国文化を中央アジア、ヨーロッパへ、さらにヨーロッパ文化や中央アジア文化を中国へという交流を作った功績は大きい。そこで文化だけでなく商業が生まれた。そういう文化や商業の交流の一翼を担ったのが、ポーロ家だったのだろう。特にマルコはフビライ・ハンの大のお気に入りとなり要職に就いている。


研究部屋に行き、父の日誌と資料を見る。

ドアのベルが鳴る。

「お昼食べた？」京子が弁当を持って入ってきた。

「まだだよ」

「やっぱり。健の好きなから揚げ弁当買ってきた」

「ありがとう！」

「どう？」

「僕がマルコの末裔というのは、何日経っても信じられない」

「それはそうだよね」

「絶大な権力を持ったフビライに気に入られたマルコが中国人妻を娶ったこと自体は自然だとは思う」

「今よりも寿命が短い時代に24年間もいたんだもんね。何歳からいたんだっけ？」

「17歳から41歳までかな」

「それなら絶対奥さんがいたはずよ」京子が確信ありげに言う。

「そうなんだよ。そして、2人に子供ができ、その子孫が日本に移住したというのもありうる話だとは思う」

「普通に考えられる話だよね」と何かを想像するように京子がゆっくり話す。

「でも感覚としては追いついていないんだ。もっと調査を進めないと納得できないな」

頭で理解できても気持ちはすっきりしない。

「次はどうするの？」

「実は、父の日誌からキーマンと思われる人物が浮かんできたんだ。モンゴル国立大学のポルジギン教授」

「お父さんとどう関係あるの？」

「以前お会いした糸井教授とも電話で話したんだけど、父はポルジギン教授と多くの研究の時間を過ごし、どうやら父が一番信用していた人らしい」

「そうなんだ」

「京子にひとつお願いがあるんだけど、モンゴル国立大学に電話をかけてもらって、このポルジギン教授がいるか確認してほしい」

「もしかして、大学にいたら会いに行きたいと思ってるのね」

「うん、父のことをよく知っているのは、この教授だけだから」

「わかった。電話番号は、インターネットでも調べられるわね」

京子がスマホを取り出す。

「今、電話してみるね」

「モンゴル国立大学です」

「ハロー、私はモンゴル文化の研究をしている日本の者ですが、ポルジギン教授はいらっしゃいますか？」

「ポルジギン教授の部屋におつなぎします」

「ハロー、私はポルジギン教授の助手をしてますが、教授にどんな用事でしょうか？」

「私の学友で竜神健という者がいますが、彼の父は竜神亮と言い、ポルジギン先生と懇意だったようなので、電話をさせてもらいました」

「少しお待ちください」

「ポルジギンです。リョウは私の親友です」

「ポルジギン先生、彼の息子の健があなたに会いたがってますが、会っていただけますか？」

「もちろんです。私こそ是非お会いしたい」

「わかりました。スケジュールは助手の方と詰めれば良いですか？」

「そうしてください。なんと素晴らしい。リョウの息子と会えるなんて」

「それでは先生また」

電話を切ると同時に京子が笑顔で言う。

「健、ポルジギン先生、是非会いたいって言ってるよ」

「うん、会いに行こう。月末なら学校さぼれる」

「仕方ないな。私もさぼるよ」

「ありがとう！　京子がいないとなんにもできないから」

「それじゃ、私を健の彼女にする？」

「えっ……」

「冗談よ。健は私のタイプじゃないし」

京子は綺麗だし、頭も良く、明るい。でも、高嶺の花のイメージが強く、京子からそう言われると戸惑う。

「何困った顔してるのよ、失礼ね……」

「ごめん」

「なんで謝るのよ」

「ごめん」

「また謝ってる」と京子は呆れ顔だった。

しまったと思ったが、京子は笑って渡航の準備をすると言って出て行った。

第三章

父の研究の謎を追ってモンゴルへ

1

モンゴル国の首都ウランバートルに着く。僕がイメージしていた街よりはるかに大都市だ。モンゴルは大草原のイメージがあるが、全くイメージとは違う。空港にポルジギン教授の助手がネームカードを持って待っていてくれた。

「健、あの人でしょ」京子がそう言って、2人してこの髪の長い女性のところに行く。

「キョウコさん？　私はキャシーです。ようこそモンゴルへ」

「はじめまして、京子です。こちらが健です」

「健です、よろしくお願いします」

「ケンさん、ポルジギン教授はリョウさんの息子さんに会えると、とても興奮していて、何日も前から落ち着きがありません」

「光栄です」

キャシーの顔をよく見たが、日本人のような顔立ちで髪の色も黒く名前と合っていない感じだ。

少し大きめのバンに乗り走りだす。

ウランバートルの街は都会で、車で通る間も鉄板焼きの店や寿司屋の日本語の看板も出ている。僕は、街を見るのが好きだ。時間があれば歩いて街の中を探索したい。そんなことを考えながら街並みを見ていると大きなキャンパスのようなものが見えてきた。モンゴル国立大学だ。車が、あるビルの前で停まると、何人かの男の人がそこで待っている。僕が車から降りると、その中の1人が声をかけてくれた。

「ケン？」

「はい」

「私がポルジギンです」

「はじめまして、亮の息子の健です」

教授も日本人に似ている顔立ちで、親近感が湧く。

「顔がやはり似ている」と教授は懐かしそうに話す。

「似てるって」と京子は冷やかし気味な顔で言う。

教授の部屋に案内される。本や論文でびっしりの部屋だ。決して狭くないが、大量の書物で圧迫感がある。席に着くと、教授は日本の事や僕が何をしているかなど訊いてきたが、僕は単刀直入に聞きたいことを尋ねようと思っていた。もちろん京子を介してだが、どんどん訊きたいことを矢継ぎ早に訊いたが、教授も同じように間髪を入れず答えてくれた。

「先生は、父と初めて会ったのはいつですか？」

「リョウと中国の視察が一緒だったから１９８８年、今から30年以上も前だ」

「父は当時マルコ・ポーロの研究をしていたのですか？」

「マルコ・ポーロというよりフビライ・ハンの研究をしていた。その中で、マルコ・ポーロもひとつの研究調査対象だった」

「先生は、あの事実がわかったことを知っているんですよね？」

「あの事実というのは、君たちの先祖がマルコ・ポーロだということだね」

「そうです。それに対して父はどう思っていたのでしょうか？」

「ずっと信じられないと思っていたようだ。でも、これも私の運命なんだろうと冷静だった。私の方が初めて聞いた時、興奮したよ」

「丁度、その頃から父は、僕が見たことのない文字で日誌を書いてます。先生は何故そんなことを父がしたのか知ってますか？」

その文字を見せると、ポルジギン教授は、ハッとした顔をして、初めてゆっくりしゃべりだした。

「これは……どの民族かわからないが、南方系の少数民族の文字だと思う。事故に遭ったのが雲南だから、雲南の少数民族の字ではないか」

しばらく沈黙が続く。

「父が事故に遭う直前、何を調べていたか知ってますか？」

教授は困惑した表情で、ゆっくり話し出した。

「その調査のせいで事故に遭ったのかもしれない」

「それはなんの調査なのですか？　教えてください」

「お父さんは、私があなたにそれを教えるのは望まないかもしれない」

「いえ、これが僕の運命だと思っています。お願いします」

「ジパングだよ」

予想もしない答えで一瞬言葉を失った。

「ジパング？」

「そうだ。黄金の国と呼ばれているジパングだ」

「ジパングは日本じゃないですか」

「昔から東方見聞録で書かれているジパングは日本だということになっているが、整合性がとれてない箇所もあるのも事実」

「仮にジパングが日本ではなく、別の国だったとしても凄い発見なんでしょうか？」

「それだけでも、凄いことだが、お父さんは何かを発見したに違いない。だから危険を感じて、日誌を暗号のような文字で書いていたんだろう」

「それはどんな発見ですか？」

「黄金の国が、いまでも人知れずあるとしたら……」

「黄金の国がいまでも人知れず存在する、そんなことありえますか？」

「普通に考えるとありえないが、権力者が故意に隠したとか、地震とかで地中に埋まっているとかね」

また、思考回路が止まってしまった。「ジパング？　黄金の国？　父はそれで事故に遭った」もう僕の頭では対応できなくなっていた。

僕の状態に気づいたようで、ポルジギン教授は、キャシーの方を向き何かを指示した。

「おなかが空いたでしょう。夕食に行きましょう」

2

夕食は伝統的なモンゴル料理。有名なレストランらしいが、教授の行きつけのようで、店員もよく知っている仲らしい。冗談を言い合っている。

モンゴル料理は赤い料理と呼ばれている肉料理と白い料理と言われている乳製品を使っ

ている料理に分けられるそうだ。特に肉では、羊の肉が有名だ。モンゴルで羊を食べていると何かチンギス・ハンにでもなった気分になると、京子に言うと、馬鹿にしたような顔で見られた。

レストランではジパングの話は出なかったが、僕の頭の中では、ぐるぐる回っていた。さらにモンゴルのヨーグルトから作った白い乳酒をすすめられ飲むと完全にダウンしてしまった。

目が覚めるといつの間にかホテルのベッドで寝ている。

ベッド横の机に京子の字で「ゆっくり休んでね。明日は先生が観光に連れて行ってくれるそうよ。お休み」とメモ書きがあった。

少しずつ記憶をたどる。羊の肉料理を食べて、そうだ、乳酒を飲んで寝てしまったのだ。今、時間は何時だろう。時計を見ると、朝の4時だ。まだ外は暗いし、テレビをつけても英語の放送もないし、意味がわからない。それでジパングということを僕なりに整理する時間にしようと思った。

まずは、ネットでジパングを検索してみる。「ジパングは日本じゃない」といくつか出てくる。内容は、胡椒がとれることや大陸から1500マイル（2400km）の大洋にあるなどの記述からどうも熱帯を指している記述が多く、フィリピン周辺ではないかと考えている人も多いようだ。ジパングは日本だ、いや違うなどのやりとりを見ていても意味がないなと感じてしまう。とにかく東方見聞録だけでは真相はわからない。やはり新しい証拠がないと議論は進まない。

父は、ジパングを何故探そうと思ったのか。まあ、考古学者なら探すのは、当たり前か。僕でさえ何かワクワクする。もし発見したら、とんでもないことだ。どのくらいの黄金がジパングにあるのか、皆目見当がつかない。でもそれは恐ろしいことだというのも直感的にわかる。人は黄金を取り合って何度も戦争をしているのだ。父も巻き込まれて事故に遭ったのかもしれない。

では僕はどうするのか？　母の希望通り、やめるのか、それとも父の道を歩むのか。答えははっきりしている。父が見つけられなかったジパングを僕が見つけたい。父の道を同じように歩き見つけることが僕に与えられたミッションのような気がする。そして、それを探すことで、ほとんど話したこともない父と触れ合う気がするし、母のこともわかる気がするのだ。

自問自答していると夜が明けた。モンゴルの強い日差しが、窓から差し込んでくる。その強い陽が僕の意思決定を後押ししてくれている感じがした。

3

京子に電話で呼び出され、ホテルのレストランで朝食をとる。ここも日本と変わらず洋食や中華の料理が並ぶ。ちょっと違うのはモンゴル料理があるくらいだ。

「健、大丈夫？」

「もうすっかり大丈夫だよ」

「良かった。二日酔いじゃないんだ」

「うん、すっきりしている」

「そう」

「朝起きて、頭の中を整理した。ジパングを探す」

決意をこめて強い口調で言ったので、京子は少し驚いていた。

「思いつめないで。焦らなくていいと思う」

「いや、焦ってない。なんか自分の進む道が見えた感じなんだ」

「ジパングを探すっていったって大変なことよ、それ」

「わかってる。そんな簡単に探せないだろうし、もっともっと勉強しないと駄目だ」

「健が決めたのなら、私も手伝うよ」

「京子こそ無理しなくていいよ」

「だって健は私がいないと外国の人とコミュニケーションもとれないし、どこにも行けないじゃない」

「それはそうだけど……」

「私もジパングを探したいわ。だってドキドキするじゃない」

「それは確かにそうなんだ。でも危険も伴うよ」

「冒険に危険はつきもの」

京子の言葉が軽く感じて腹が立った。

「父は死んでいるんだ。遊び半分ならやめた方がいい」

「ごめんなさい。そんなつもりじゃない。でも、健を助けたいのよ」

「ありがとう」強く言いすぎたと思い、その場の雰囲気を変えたくて、席を立ってコーヒーを取りに行った。

10時になると迎えの車がホテルに来た。僕と京子は車に乗り込み、教授のいる合流地点へ向かった。合流地点で教授は待っていてくれたが、昨日とは違いラフな服装だ。1時間くらい車で移動し、テレルジ国立公園に行く。教授はことのほかこの公園が好きなようで、休みの日には車を飛ばして、ここへ来て馬に乗るようだ。

テレルジ公園に着くと、確かに山があり、草原がありと雄大な光景が広がり、空気もおいしい。体調が悪いのか、車酔いしたのか、京子は車の中でちょっと休むようだ。ポルジギン教授は馬に乗るのが好きなようで着くとすぐに馬を借りに行った。僕は馬に乗れないので、自転車をレンタルする。新鮮な空気の中自転車を漕いでいると昨日考えていたことなどふっきれた感じがした。馬に乗った教授が近づいてくる。手振りであっちへ行こうと促されたので一緒に軽く並走する。ずいぶん、京子のいる車から離れたなと思って、振返ってみると車が動いている気がする。あわてて自転車を止めてみると、車は少しずつだが、やはり動いている。運転席には誰もいない。そうか、少し坂になっているので、それで動いているのだ。京子が寝ていて気がついていないと危険だ。全力で車の方に自転車を走らせる。京子の乗った車は少しずつ加速してきている。これはまずい。急いで追いつかないといけない。立ち漕ぎで必死に走る。京子の車の方に向かうが、やはり京子は後部座席で寝ている。車の横まで来た。かなりのスピードになってきている。足で京子が寝ているあたりの車のドアを蹴る。駄目だ、起きない。蹴り続ける。京子が起きた。こっちを見て驚き、途方に暮れている。

「窓を開けろ」京子は僕が叫んでいる意味がようやくわかり、窓を全開にして隣の座席に移動した。僕は小さい頃に自転車のアクロバットな乗り方をしていたことを思い出して、跨いでいる片足を車側に寄せ、足をのばし車の中に片足を入れ、車に飛び込む。京子にぶつかったが、うまく入れた。

「健！」

前を見ると100メートル先くらいにがけが見える。このままでは谷に落ちてしまう。とにかく運転席にいかないと。体勢を作って運転席へ移動。うまくいった。ブレーキを踏む。利かない。壊れている。サイドブレーキはどうだ。これも駄目だ。全く反応しない。ハンドルはコントロールが利くのがせめてもの救いだ。なんとか崖への転落は避けたが、下り坂が続き、スピードは増すばかりだ。蛇行させることでスピードを若干落とすが、これでは駄目だ。

「京子、シートベルトをしてしっかり掴まってろ」

「シートベルトはとっくにした」

「わかった、危険だが、これからガードレールにぶつけながらスピードを落とす」

少しずつ寄せてガードレールに車体をこすりつける。ギーギー凄い音がする。効果ありだ。だいぶスピードは落ちてきた。ハンドルだけ取られないようにしないと。反対車線のサイドに草を束ねたのが見える。

「京子、突っ込むぞ」と反対車線の草の束に突っ込もうと決めてハンドルをきった途端、反対車線からトラックがブオーンというクラクションとともに目の前に現れる。

「あっ、ぶつかる……」

ゴーンという音とともに車が止まった。

「京子、大丈夫か」

放心状態で話ができる状態ではないようだが、怪我をしているようには見えない。車はうまく草の束に突っ込んで、止まっている。間一髪でトラックとはぶつからずに済んだのだ。それにしても危なかった。後部座席のドアを開け、シートベルトを外し京子を抱きかかえ車の外へ出た。やっと京子も我に返ったようだ。

「助かったのね」

「なんとかね」

堪えていたのか、恐怖の感覚を取り戻したのか、京子が泣き出した。

そこへ、教授の乗った車も到着した。

「大丈夫だったか？」と訊かれ、僕はうなずいた。

車は明らかに誰かによって、ブレーキオイルが抜かれ、サイドブレーキも緩められていた。事故を狙ったものだ。根拠はなかったが、昨日の私の決定に対して、警告を与えられている気がした。

車内を調べると正方形の白い紙に赤い字で一文字「警」と書かれていたものがあった。犯人が残したものに違いない。警は、警告するという意味だ。

4

予定を繰り上げ、早めに帰国することにした。当初の僕の目的は達成したし、これ以上長居をする気もしない。いつも明るく強気の京子も事故に遭ってかなり弱気になっていたし、教授は残念そうだったが、状況はわかるので引きとめはしなかった。ただ、少し話がしたいというので、空港のラウンジで2人だけで話すことになった。

「ケンともう一度ゆっくり話したかったんだ」

「はい、僕もあんな事故がなければゆっくり父のことについて話がしたかったです」

「話というのは、ケンはこれからもリョウの遺志を継いでジパングを探すのかな？」

「はい、そのつもりです。父が命をかけて調査をしていたジパングを探したいと思います」

「私も手伝わせてほしい。特に発見したあとは、考古学の研究として調べたいことが沢山あるからね」

「わかりました」

「私にできることはなんでも協力する。遠慮なく言ってきてくれ」

「ありがとうございます」

そして、ポルジギン教授と別れ、東京への帰路についた。

成田空港に着くと、出口に真おじさんと会社のスタッフが迎えにきている。真おじさんの前に行って謝罪した。

「京子さんを危ない目にあわせてしまって、本当に申し訳ありませんでした」

「私が好きでついていったんだし、事故だって健のせいじゃないし、助けてくれたのは健だし謝ることはないでしょ」

「京子から聞いたよ。命を助けてくれて本当にありがとう」

「……」

「今日は疲れていると思うから家に送っていかせるけど、落ち着いたら家に来てくれないかな。今後について健君と話したいなと思ってるんだ」

「わかりました。連絡させていただきます」

この日はここで京子とも別れ、別の車で家まで送ってもらった。さすがに疲れた。


一度、ジパングを探そうと決めたが、あんな事故に遭遇してしまうと、少し怖気づき、また迷いが生じた。だいたいどうやって探せば良いのかも皆目検討がつかない。費用だって想像できないほどかかるだろうし、どのくらい危険なことなのかもわかっていない。常識的に考えれば、ジパングを探すなんてことはできないだろうし、あきらめるのが普通の考え方だと思う。頭ではそうわかるのだが、血なのか、感情的には、父の遺志を引き継ぎたいという気持ちが強い。母が死んで色々な事実がわかり、今までイメージが全くできなかった父が近くに感じられるようになってきたからかもしれない。もっと父のことを知りたいという欲求がおさえられない。そのためには、ジパングを探さないといけないという気持ちに支配されている。

京子からメッセージが入っている。真おじさんが会いたがっているというメールだ。そういえば、空港で約束したなと思いながら、「会います」と返信する。

5

京子の家に行くのはいつ以来だろう。かなり前だ。相変わらず、でかい家だ。家というより屋敷という感じだ。

インターホンを押し、名前を言うと門が開き、玄関が見える。玄関まで歩いて行くとドアが開き執事が出てくる。

「いらっしゃいませ」

そうだ、この家には、執事やお手伝いの人がいるんだった。京子も出てくる。

「いらっしゃい。パパ待ってるよ」

「時間通りに来たつもりだったけど」と言って時計を見るが遅刻はしてない。

「違うのよ。パパは朝から早くこないかなと待ち侘びていたのよ」

玄関も広い。インテリアは少し中国っぽいなと思いながら、応接室に通される。

豪華なソファで本来は座り心地が良いのだろうが、慣れてない自分にとっては、なんとも窮屈な感じだ。京子も察したのか、

「リラックスしてね」と言ってくれた。

「リラックスできない」

「仕方ないわね」

真おじさんが入ってきた
「健君、元気かな」

「はい、元気です」

「それは良かった。ところでお酒飲めるんだよね」

「20歳になったので、少しなら」

「少しでもないわよね」

「京子は余計なこと言わないでくれよ」

「どんなお酒が好きかな？　ビール、ウィスキー、ワインなんでも構わないよ」

「それではビールでお願いします」

横にいた接客スタッフのような男が出て行き、しばらくするとビールを持ってきた。瓶か缶でくると思ったら生だ。

「やっぱりビールは生の方が美味しいからね。さあ乾杯しよう」

「乾杯！」京子も一緒に3人で乾杯する。冷やしているグラスだけあって美味しい。

「今回は、京子さんを危ない目にあわせてしまって本当にすみませんでした」

「健君のせいじゃないだろう。気にしなくていいよ」

「でも、色々なことが一気に起こって、ベネチアでも誰かに監視されている気がしていたのです。もっと、注意を払っていれば」

「京子は、健君のおかげで怪我ひとつなくいるじゃないか、こちらがお礼を言わないといけない。娘を助けてもらってありがとう」

しばらく大学のことや空手の話をしていたが、真おじさんは真顔になり話を始めた。

「健君は、今後、お父さんの研究を引き継いでやっていくのかな」

「気持ち的には引き継ぎたいと思っています。ただ、考古学の専攻でもないし、今の自分ではやれないと思っています」

「今日話したかったのは、この件なんだ。京子から君がお父さんの研究を引き継ぐことを聞いて、素晴らしいと思ったし、是非続けてほしいと思っていてね。必要な研究費だったら、私が出すよ。京子から話を聞いて年甲斐もなく興奮してしまって協力したいと思ってしまったんだ」

「父の研究も支援いただいていたと母から聞いてました」

「たいしたことは、してないよ」

「ありがとうございます。今のままでは中国語も話せないし、元やフビライ・ハンのことも知らないことだらけです。ですので、まずは北京に留学しようと思ってます。そこで、次に進む道もゆっくり考えようと思ってます」

「えっ、北京に留学？　聞いてない。いつから？」と京子が驚く。

「2年になって、来年9月から行けるように準備中なんだ。京子にこれ以上迷惑かけられないしね」

「迷惑じゃないよ、私も一緒に研究して解明したいんだから」

「あの事故は、故意に仕組まれたものだ。京子をこれ以上危険な目に遭わせるわけにはいかない」

「そうか、健君は留学か、それもいいだろう。何か困ったことがあったらなんでも相談してください」

「ありがとうございます」

不服そうな京子と真おじさんに一礼をして、家路についた。

家に帰ると京子から電話があった。

「どうした京子？」

「ちゃんと話せてなかったから」

「なんだよ」

「北京留学って、私をこれ以上危険な目にあわせたらいけないと思ったからでしょ」

「それもあるけど、自分で中国語をしゃべって自分で研究や調査をしたいからだ」

「私は健と一緒に調査したい」

「駄目だ。これからもっと危険になる」

「……」

「僕は昔から何をやっても自信が持てなかった。空手の大会で優勝しても、試験で良い成績をとっても自分には何か足りない気がして。でも、この父の生きざまを知ることで自分にも自信が持てる気がするんだ。これは京子には関係ない」

「言ってることはわかる。優勝しても心から喜んでいるように感じなかったし、いつも感情をコントロールしているように見えた。だから今の健は別人。とても熱い」

「自分でもだから危ないなと思ってる。とにかく京子は見守るだけにしてくれ」

「わかった」と京子は不満そうに言って電話を切った。

第四章

北京留学で出会う刎頸《ふんけい》の友

1

北京に持って行きたい資料を選んで、荷物をまとめる。部屋に飾った父母の写真を見て、自分の決意を2人に伝える。写真の2人の顔が、頑張れと言ってくれている気がした。

これが中国の首都で、元の時代の大都か、空港に着くと、中国人のエネルギーを感じて圧倒される。多くの中国人が空港にいて、中国語で大きな声でしゃべっている。

タクシー乗り場のサインを見て、タクシーに乗る。運転手に北京文化大学と英語で話しかけるが、運転手は中国語で怒ってしゃべっている。そうか、英語は全く通じないんだと思い、紙に漢字で、大学の名前を書く。運転手はぶつぶつ言ったが、わかったようで、車を動かす。

北京は、予想以上に大都会だ。空港から少し走ると高層ビルが林立している。車の量も凄い。中心部に向かうに従い見晴らしも悪くなってくる。これが大気汚染の影響か、晴れているのによく見えない。

大学に到着。郵送された資料を見ながら学生課へ行き、入学手続きと学生寮に入る手続きを行う。

学生寮の説明をうけて自分の部屋に着いた時は、へとへとに疲れていた。だいたい書いてあることは読めるが、話は全くわからない。そんな状態が何時間も続いたのだ、疲れるのは当然だ。

２０３号室、これが僕の部屋だ。扉を開けると、ばばばば……いきなり爆音が炸裂し、白い煙が上がる。呆然となるが、すぐ笑い声が聞こえてくる。なんと爆竹を鳴らしていたのだ。学生寮は、個室ではなく相部屋なのである。この爆竹は、ルームメイトの挨拶がてらのいたずらだったのだ。

ルームメイトは２人。爆竹で私をからかったのが、北京に実家がある李賢で小柄で１６５cmくらいでよくしゃべる。英語名はクリス。もう１人は１９０cmくらいの大男で、無口なモンゴルから来た金文剛で英語名はロバート。初めて名前を聞いた時にあまりに風貌と合ってなかったので吹き出してしまった。中国では、みんな英語名を持っている。ポルジギン教授の助手のキャシーも英語名に違いないと思った。自分はそのままケンと呼んでもらうことにした。ケンは英語名でもよく使われているからだ。２人とも同じ学部学科で、中国古代史を専攻している。年は2人ともひとつ下だった。簡単な中国語での挨拶はしたが、聞き取れないし、当分は英語で2人とやりとりすることにした。僕の英語に比べて2人とも流暢な英語をしゃべる。日本と中国の学校での英語教育の違いを痛感してしまう。

2人にキャンパスを案内してもらう。写真で見る以上に綺麗で、立派だった。特に気に入ったのは、図書館。さすがに文化大学というだけあって論文や歴史の資料も充実している。これなら何か発見できるかもしれない。

そのあと、自己紹介もかねて食事をしに行く。クリスは、コンピュータに精通しているらしく、自分でもゲームを作ったり、アプリを開発したりして、相当なバイト代を稼いでいるようだ。ロバートは寡黙だが、モンゴルではモンゴル相撲をしていたので、日本の相撲のことで話がはずんだ。自分が元のことに興味があると言うと、自分もだと握手を求めてきた。この2人とは良い友達になれると確信した。その日は、白酒《ばいちゅう》という北京の人が好きな強い酒を飲まされた。ショットグラスで乾杯の嵐。気がつくと、ベッドで寝ていた。頭が痛い。こうやって北京の初日は終わった。

2

今日は授業の初日だ。3人そろって、教室に行く。クラスメイトは他に30人くらいか。まず初めに自己紹介をする。自分の番になる。祖先は中国人だと言いたくなくて、日本から来た留学生だと下手くそな中国語でしゃべる。1人の学生が中国語で、わめきたてる。何を言っているか正確にはわからなかったが、日本人に反感を持っていることは、顔や態度でわかった。先生が、その学生に対していさめる言葉を言ったようで、彼は黙った。

彼は、四川出身の宋良兼という名前で英語名はケビンということがあとでわかった。

担任の先生は35歳で、呉憲章という北京出身の先生で、頭が禿げているせいか40歳以上に見えてしまうが、とても人懐っこい感じで、いい先生に担任になってもらった。ただ、あとで中国語が聞き取れるようになってわかるのだが、標準語の発音と呉先生の発音が全然違うので、戸惑ってしまうことが多かった。クリスにそのことを質問すると、「呉先生は東北系の訛りが強くて、北京語なんだよ」と教えてくれた。

「北京語って標準語じゃないの？」

「聞いてのとおり違うんだ」と少し笑いながら話すクリス。

ケビンは授業が終わると早速近づいてきて、英語で話しかけてきた。

「なんで中国に来た？」

「中国の歴史を勉強するためだ」

「中国の歴史を勉強して、過去の日本の過ちを謝罪するためか？」

「謝罪？　まず理解するところから始める」

肩をつかんできたケビンに対して、近くにいたロバートが手を払う。ケビンは、僕を睨みながら去っていった。

「さすがいい用心棒だな」と横でクリスが笑う。自分もロバートも一緒に笑う。

ケビンにはこれからも何かと目の敵にされる。まあ、日本人に対して反感を持っている人がいることは百も承知で留学したので、なんともないが。

3

それから数日経ったある日、1人で大学の近くの公園で本を読んでいると、ケビンが大きな体格の友達を連れて、自分のところにやってきた。

「何か用か?」と聞いた瞬間。その中の1人が、攻撃してきた。カンフーだ。なかなか腕が立つが自分も空手の有段者だ。一進一退の状態で、もう1人が棒を持って、参戦してきた。さすがに分が悪い。棒でたたかれたところで、老人が助っ人に入ってくれた。映画に出てくる仙人のように長い白髪に白鬚を蓄えている。

しかし、彼は、殴ったり蹴ったりするのではなく、相手の力を利用して、あっという間に、2人をやっつけてしまった。ケビンは、あわててその場から逃げる。

「助かりました。ありがとうございます」

「自分は太極拳の先生だ。卑怯なやつらは見過ごせない」

「それにしても凄いですね。相手の攻撃を全く受けませんね」

「君はなかなかの空手の使い手だと思うが、まだ相手をよく見てない。相手の動きを見て、相手の力を使えば、攻撃を受けることなく相手を制することができる。良かったら、私のところに習いに来てみないか？」

「いいんですか？　是非、お願いします」

「それでは、あそこに見える2階に来てくれ、だいたい午前中はいる」

「私は、竜神健といいます。お名前を伺ってもいいですか？」

「張越という」

「よろしくお願いします」


部屋に戻り、ケビンに絡まれて戦ったことや張越の話をクリスとロバートにした。

「張先生は、もう太極拳は教えないと言われてるのにケンは凄いな」

「張先生、有名なの？」

「あんな風貌だけど、昔は太極拳の中国チャンピオンだったので、この辺では有名だよ」

「確かに仙人が現れたと思ったよ」というとみんな笑い出した。

次の日、さっそく張先生の道場に行ってみる。それにしてもぼろい道場だ。ここで太極拳を教えていたとは信じられない。

日本式に正座をして待っていると、張先生は僕をじっと見てから話し始めた。

「なぜ、北京に来た?」

「中国の環境で、中国語を早く習得したかったからです」

「中国語を勉強して、どうしたいのか?」

「中国の歴史、とりわけ元の時代に興味があり、研究したいのです」

「なぜ、元なのか?」

だんだん禅問答のような感じになってきたが、答えるしかない。

「父が考古学者で元を研究していました。それで自分も研究したくなったのです」

「元を研究してどうしたいのか?」

「亡くなった父が志半ばでできなかった研究を続けたいのです」

張先生はじっと僕を見て、しばらく沈黙が続いた。

「明日から、毎日来なさい」

「はい、ありがとうございます」

張先生は、踵を返して道場から去って行く。僕も道場に一礼して寮へ戻った。

部屋に戻ると、クリスとロバートが飛んできた。

「どうだった？」

僕がVサインを送ると2人とも笑った。

「俺も教えてもらいたい」とロバートも羨ましそうな顔で見る。

「ところでこれから図書館に行きたいんだ」

「図書館？　それじゃ、一緒に行こう」


図書館に着くと、早速、PCの図書検索で元やフビライ・ハンに関する本や論文を探す。さすがに日本と違って、多くの文書や本がヒットする。所蔵されている場所を見てみると同じエリアにおいてあるものが多い。これなら、その場所に直接行った方が良いと考えて、その場所へ向かう。クリスもロバートも一緒についてくる。

何冊かの本を選んで、読書室まで持っていこうとすると、クリスが「ケンはなぜ、フビライ・ハンの本を沢山借りてきているのか？」と聞いてくるので、元やフビライ・ハンの研究をしているからだと言うと、ロバートが自分も手伝いたいと言ってくる。ロバートはモンゴル人だから、当然、興味は持つなと思った。クリスも2人がやるなら自分も一緒にやると言ってくる。1人で調べるよりは、中国語がわかる2人と一緒の方が早く本や論文も読めるし、いいなと思った。

「フビライの時代、マルコ・ポーロがどんな任務でどこへ行ったかを知りたいんだ」と2人を信用して、研究のテーマの話をした。もちろん、2人ともマルコ・ポーロは知っていて、このテーマにとても興味を持ってくれた。まだ自分の素性や本当の目的について話はしてないが、この2人の協力があれば、調査は進むと感じた。

「ケンの言う通りだ。本当に元史にも新元史にもマルコ・ポーロは登場してこないんだな」とクリスは不思議そうだ。

「だから特別なミッションを持っていたに違いないと思っているんだ」

「書かれているものから推測するとスパイみたいなことをしてたみたいだ」とロバート。

「だけど、スパイにしては目立ち過ぎないか？　現代ならまだしも1200年代に外国人がいたら、それだけでも怪しいし、皇帝お墨付きの通行証とか持っていたので、スパイにならないんじゃないか」とクリスが突っ込む。

「そうだな、隠密に調べることはできそうにもないな」とロバート。

「それよりもっと別なミッションを持っていた気がするんだ」

「何だろう？　そのミッション気になる。それにしてもマルコ・ポーロの話をする時のケンは熱く語るよな」

「そうか……」と言いながら、仕方ないなと思う。

4

６カ月がたち留学生活にもだいぶ慣れて、中国語の会話もだいぶましになってきた。同じ部屋に中国語が話せる友達が２人もいれば、早く上達するのも当然といえる。できれば可愛い中国の彼女でもできて上達する方が良いとは思うが、なかなかそういう女性も現れない。

太極拳もかなり上達したと思う。でも張先生から教わることは太極拳より中国の文化や伝統、考え方などの方が自分にとって有益かもしれない。

京子ともしばらくやりとりしてなかったが、久しぶりにビデオ電話がかかってきた。

「健、元気？」

「元気にやってるよ。京子ひさしぶり」

「中国語しゃべれるようになった？」

「少しはね」

「テストしようか？」

「からかうなよ」

「パパも健君どうかなって気にしてるみたい」

「真おじさんにも元気でやってると言っておいてよ」

「わかった。困ったことがあったら言ってね」

少し笑いながら「わかったよ」と言うと、

「なによ」

「いや、京子って僕の母みたいに言う時あるなと思って」

「失礼ね、心配してるんでしょ」

「ありがとう」と言ってビデオ電話を切る。久しぶりに京子の勝気な顔を見て不思議な気持ちになった。その勝気さが苦手だったが、北京で疲れているのか弱っているのか、話していて元気になったし、ほっとした。

北京での生活は、とても刺激的で新鮮だ。毎日、中国語のレッスンで始まる。ここでは、日本語はもちろん、英語もしゃべってくれない。そのためわからない時は、先生に対して筆談をしたり、身振り手振りでやりとりしないとならない。もちろん、寮の部屋に戻れば英語でクリスやロバートに質問することもあるが。中国語は、日本語ではない口の形を作って発声しないとならない単語も多く難しい。さらに発音が聞き取れても文脈で単語を把握しないと駄目なので大変だ。同じ発音でも漢字が違うと意味が違ってくるからだ。これは日本語もそうなんだが。

それと中国人と会話するようになって自分の性格が少し変わったなと思うことがある。

中国人は一人っ子政策だったためか大陸で多民族国家だからなのか、人の話をあまり最後まで聞かない。自分の興味がある話題を相手が聞いていようがいまいが、どんどん話をする。こういう中にいると僕も興味のある話題を自分から話すようになってきた。人の話を聞いてばかりいるとボキャブラリーが足りないので、わからない話が多くつまらないし、自分から話せば相手の答えも見当がつくからだ。

食事は、寮でも出るが、時々3人で代わりばんこに自分の郷土料理を作る。クリスは、北京に実家があるが、元々上海に祖先がいたそうで、甘い味付けが特徴の上海料理風を作ってくれる。日本で言う豚の角煮のような紅焼肉は絶品だ。ロバートは、羊肉を使った豪快なモンゴル料理を作ってくれる。北京では、牛肉より羊肉の良いのがスーパーで並んでいる。安いし、体に良いし、うまい。僕は、母のレシピを参考に薬膳料理をふるまった。薬膳と聞いて、2人とも最初は薬っぽい味を想像していたようだが、食べてみたら美味しいと母のレシピを絶賛していて3人の中では一番多く料理を作ることになってしまった。

少し中国語ができるようになり1人で北京市内を散策に行くことも増えてきた。道路はいつも渋滞しているので、地下鉄を利用するのが好きだ。北京は京都のように碁盤の目のようになっているので、わかりやすい。また、時間に正確に運行されているし、安いので便利だ。

冬はとても厳しい。そんなに雪は降らないが、風が強く冷蔵庫の街というあだ名があるほどでとても冷える。朝晩は氷点下10度以下になることもある。風が強いため体感温度はもっと低く感じる。それでも色々楽しめる。スキー場も車で1時間もかからずに着く。何度かクリスとロバートだけでなく、それ以外の大学の友達と一緒にスキーをしに行った。

クリスが、春学期が始まる前に、歴史を感じる場所にロバートと行こうと誘ってくれた。まずは、誰もが知っている万里の長城だ。北京市街から30分ほどで着く。大学の近くから出ているバスで行くが、山道を登っていくと万里の長城がずっと続いている城壁が見えてくる。テレビで見たのと同じだ。永遠に続いているように見える。山にそそり立つ壁であり、異民族からの侵入をふさいだ防護壁だということがよくわかる。それにしても、こんな険しい山にあんな高い城壁をよく2万km以上も作ったものだと感心する。実際に万里の長城を歩いてみると、遠くから見ている以上に険しく歩くのもアップダウンが激しく大変だ。長城から遠くを見て、秦の始皇帝や歴代の皇帝もこうやって異民族に睨みを利かせていたんだなと感慨に耽ってしまう。

万里の長城の次は、ロバートの故郷であるモンゴルである。それもウランバートルのような都市ではなく、遊牧民が過ごすゲルと呼ばれているテントのような場所に行くことになった。ゲルに入ってみると、移動式住居なので、もっと安定感のないものなのかと思ったのだが、強い風が吹いても揺れないし、快適である。こういうゲルでの暮らしから世界最大の帝国を築いたのかと思うと唖然《あぜん》とする。ロバートもずっと都会暮らしだったようで、ここに来て少し興奮気味で、いつもより雄弁で嬉しそうだ。

夜、ゲルの外に出てみる。真っ暗闇の中で、草原のさわやかな風を全身に感じる。顔を上げると、夜空に今にも落ちて来そうなほどの無数の星が散りばめられている光景が目に飛び込んできた。

「ケン、何してるんだ」とロバート。

「真っ暗な中に星しか見えない」

「凄いな」

「こういう大草原で星を見ながらチンギス・ハンは大きな夢を見てたのかな」

「きっとそうだな」

「ここから、大帝国を築いていったなんて信じられないな」

「本当にそうだな」

「以前も訊いたけど、モンゴルの人にとって、英雄だよな。チンギス・ハンもフビライ・ハンも」

「うん、でも、草原の生活を捨てて、都会の生活をして、富を築いたことに対しては、ネガティブに考えている人も多いんだよ」

「そうなのか」

「うん、草原の生活だったら起こらなかっただろう金をめぐってのいざこざが起こったからね」

「金が人を変えてしまう。どこでもどの時代でも起こるんだよな」

「ああ」

「ロバートはどうしたいんだ」

「自分の民族の原点を知ってから、どうしたいか決めたい。そういう意味でもケンやクリスとこうやって知り合ったのは、良かったと思ってる」


最後に、僕のリクエストで秦の始皇帝の墓でもある兵馬俑《へいばよう》へ行くことになった。兵馬俑は、始皇帝陵のところにあり、1・8mもある兵士や馬が8千体以上も始皇帝を守っているのだ。場所は昔の長安の都で有名な現在の西安にある。北京からは飛行機で2時間だ。西安は昔の都だけに皇帝の墓や栄華を誇った名所が今でも多くある。楊貴妃が浸かったと言われる温泉がある華清池なども有名だ。

兵馬俑に着くと、その圧倒的な広さ、兵士や馬の大きさに恐ろしさまで感じる。1体1体の顔もすべて違うし、今でも動きだしそうだ。どれだけ権力があったのかを思い知らされる。始皇帝陵も山のようで、歩くというか山登りだ。クリスもロバートも始皇帝の権力の凄さに圧倒されたのか、山登りがきつかったのか3人とも無言になっていた。

ホテルに戻って来て、北京に戻る最後の夜、徹底的に飲み明かそうという話になった。

「2人のおかげで、万里の長城とモンゴルのゲルと始皇帝陵が見れた。ありがとう」

「ケンは、マルコ・ポーロの何を探しているんだ」とクリスが酔っぱらいながら訊いてくる。

　この旅行で2人にはすべて話をして、一緒に協力してもらおうという気持ちになっていた。

「黄金の国、ジパングだよ」と言うと、2人は笑い出した。

「本気なんだ」と重ねて言うと、

「まじか、でもそれは面白いな」とクリス。

「フビライ・ハンの時代の話だ。俺も協力して一緒に探したい」とロバート。

「これからもよろしく頼む」と2人に頭をさげる。

　それから、母が死んでからの経緯やマルコの末裔の話などを一気にしたが、あまりにも荒唐無稽《こうとうむけい》の話で消化できないようだ。仕方ないことだと思うが。

5

　旧所名跡から帰ってから、2人にも協力してもらってマルコ・ポーロの調査を再開するが、全く目新しい情報には行き着かない。とにかく公式な書類にマルコ・ポーロは現れてこないからだ。何も進展しないことで、僕がいらいらしている様子を張先生は察知したのだろう。

「最近、何か焦っているようだな」

「先生、研究がはかどらず、資料も何もみつからず、それで焦っています」

いつのまにか先生にも僕たちの研究のことを話していた。いつも静かに話を聞いてくれる。

僕の顔をじっと見て、言葉を噛み締めるように先生が話しだした。

「そういう時は、動いてみるんじゃ」

「動く?」

「自分の位置を変えることで、見たいものの見方が変わる。今の状態を打破するには、動いてみるのがよかろう」

「どこへ動けば?」

「それはお父さんの日誌に書かれているだろう」

「先生、ありがとうございます。父の日誌で気になる都市は、蘇州、揚州と雲南です」

重要と思われる日誌はコピーして持ってきた。何度も読み返している。父は蘇州、揚州と雲南視察で、衝撃的な事実を知ったと書いている。そしてポーロ家の人に会っている。

「雲南が良かろう」

「なぜですか？」

「マルコ・ポーロと一番関係の深い都市といわれている」

「わかりました。ありがとうございます」

「それとひとつ重要なことを教える」

「なんですか？」

「これから色々な人に会うだろう。その中には危害を加える連中も助けてくれる連中もいるだろう。信じる人を見誤ったら命を落とすことになるかもしれないぞ」

「先生、どうすればいいのでしょうか？」

「その人の目をよく見て、気を感じて、心の目もよく開くことじゃ」

「目をよく見て、気を感じて、心の目を開く、ですね」

「そうじゃ、お前ならできる」

「ありがとうございます。肝に銘じます」

第五章 父親像に迫る雲南の旅

1

雲南は、中国の南西部にある都市で、ベトナム、ラオス、ミャンマーと国境を接している。少数民族が25以上もあり、この雲南では都市によっては漢民族より少数民族の方が人口としては多いところもある。どの民族の衣裳も青、赤、ピンクなどカラフルで、とても綺麗である。顔立ちも、漢民族とは違いミャンマーやラオスの人と似ている。産業としては、鉱物資源が豊富で、お茶の産地でもある。マルコ・ポーロは、雲南で、フビライ・ハンの命により、特命任務に就いていたと言われている。父の日誌の途中から書かれた文字もポルジギン教授は、南方の少数民族の字かなとも言っていた。雲南に行けば、この文字のことがわかるんじゃないかと期待で胸が膨らんでいる。

2

やっとメールが返ってきた。モンゴル大のポルジギン教授からのだ。雲南に行くにしてもやみくもに行っても意味がないので、父が会ったことのありそうな雲南の先生は、いないかという相談に対しての返信だ。父が会ったことのある先生は、すでに大学を辞めらているそうだが、その当時の助手の人と連絡がとれて辞められている先生に会えるように段取りをしてくれた。クリスとロバートも大学の新学期前の長い休みを使って一緒に行ってくれることになった。なんとも心強い。京子も相変わらずで、ここに来てからも1週間に一度はメールが来る。雲南に行くことを知らせたら自分も行きたいと言って来ることになった。危険に遭遇するかもしれないから来るなと何度も言ったにもかかわらず全く聞く耳を持たない。

雲南の首都である昆明に到着。京子とは空港で待ち合わせ。出口を出ると京子が駆け寄ってきた。

「健、久しぶり！」

「京子も元気そうだな。紹介するよ、こちらがクリス。そしてロバート」

クスッと笑う京子。

「ごめんなさい。健のメールでお2人をイメージしてたんだけど、イメージしてた通りだったので。京子です。よろしく。噂通りの美人」

「クリスです。よろしく」

「えっ?」

「なあ、ロバート」

「ロバートです」

昆明は大きな都市で、ビルが林立している。民族もここは漢民族が圧倒的に多いそうだ。指定されたホテルのレストランに行くと雲南大学の韓先生が見えた。スマホに事前に写真を送ってもらっていたので、すぐわかった。

「韓先生、竜神健です。はじめまして。こちらは友達のクリスとロバートと京子です」

「韓です。お父さんにそっくりだね」

「よくいわれます。お忙しいのにありがとうございます」

「隠居の身なので、時間はたっぷりある。何が聞きたいのかな?」

「父が雲南で何を調べていたのかです。そして何かを見つけたようなのですが、ご存じありませんか?」

「お父さんは雲南のシーサンパンナという町で1年近く暮らしていたよ。そこで何かを見つけたようだが、その内容を聞く直前、事故にあって亡くなったんだ」

「シーサンパンナ……そこで父は亡くなったんですね。どこに行けばその詳しい話を聞けるのでしょうか？」

「少数民族のジャシ族のところに行けば、お父さんのことを知っている人がいるはずだ。ジャシ族のいるところを教えてあげるよ」

「ありがとうございます」

　メモを韓先生からいただき国内線に乗って昆明からシーサンパンナへ向かう。父が死んだ場所に行くのは少し気が重いが、しっかり見届けないといけないという気持ちの方が強くある。

3

　シーサンパンナに到着。昆明と比べると全く風景が違う。青々とした緑に囲まれている。空港にいる人も漢民族ではなくミャンマーやカンボジアの人のような風貌だ。建物もビルが少なく木造の家が多い。

「なんか同じ中国とは思えない場所だな。あっ、衣装が綺麗！」とクリスは少しはしゃぎぎみだ。

僕たちの横を赤と黒の民族衣装を着た女性が通り過ぎていく。

「さて、タクシーを捕まえて、ジャシ族のところへ行こう」

シーサンパンナは、ラオスやミャンマーと国境を接している都市であり、漢民族は少なく少数民族が70％以上を占める。少数民族はそれぞれ民族衣装を持っていてカラフルなところから最近は観光地としても有名になっている。

空港からタクシーでどんどん山を登っていく。プーアール茶の産地でもあるので、茶畑が目の前に現れてくる。さらに山を登っていくと小さな集落が見えてくる。どうやらこれがジャシ族の集落らしい。木造の一番大きな家の前でタクシーがとまる。村長のお宅らしい。家の中から人が出てきた。

「日本から来ました竜神健といいます」

「村長のヤンです。ようこそ」

横で私の顔をジーと見ている20歳くらいの長い黒髪の女性が「リョウ？」と問いかけてきた。

「亮は私の父です。あなたは父を知っているんですか？」

驚いた顔をしている女性。村長も僕の顔を見つめ返した。

「リョウはこの村の者ならみんな知ってます。リョウは研究者だったが、この村の者にとても優しくしてくれた。娘はリョウにとても可愛がってもらってよく遊んでもらった」

「へー、健よかったね。この村でお父さんの話をたくさん聞けるんじゃない」と京子は興奮気味に話す。

「疲れたでしょう。あなたたちの宿を用意してます。レイ、みなさんを宿にお連れして」

レイという娘は、みんなを促して宿になる家の方へ歩き出す。

「ここです。男の人は同じ部屋です。キョウコさんは隣の家になります。何かありましたら、さきほどの私の家に来てください。今夜は、あなたたちの歓迎会を行ないますので、時間になりましたら、私が迎えにきます。それでは後ほど」

「ケン、レイさん、可愛いね」と言うクリスに、

「クリスのタイプなのか？」などと馬鹿話をしながら、部屋に入ると一瞬動けなくなった。この文字、そうだ、父が日誌に書いていた同じ文字が、部屋に紙で貼られている。

「クリス、ロバート、これだよ、父の日誌に書いてあった文字！」

「本当か？　やったな。これでお父さんの日誌を全部読めるな」

半ば呆然としているところに京子がやってきた。

「どうしたの？」

「京子、これを見て、父の日誌と同じ文字」

「あっ、本当だ。ジャシ族の文字だったんだね」

「滞在中にこの文字が読めるようになりたい」

「僕も文字覚えたいな。ロバートも、だよな」と言うクリスにロバートは静かに頷く。

「私も覚えたい。東京に戻って、健のお父さんの日誌を全部読みたい」と京子も言う。

「京子もか。まあ仕方ないか。ここで、この文字を勉強して帰ろう」


夕方5時になるとレイが迎えに来た。

「準備が出来ました。多くの村人も参加します」

しばらくレイと歩いて行くと大きな広場のような場所に出た。野外ホールのような作りの場所に食事などが準備されていて40人ほどの人がすでに座っている。みんな民族衣装を着ていてカラフルでとても美しい。青い衣装の人もいればエンジの色の衣装の人もいる。

「真ん中のあちらに座ってください」促される方を見ると真ん中あたりに4つ空いている席がある。目の前には村長が座っている。その前に行って座る。

「北京では見たことのない料理だな」とクリスがつぶやいた通り、確かにここでとれる野菜というより草を中心とした料理で自分も見たことのない料理ばかりだ。

村長は立ち上がると、民族語で何かを喋り始め、そのあと、中国語で私たちを見て「ようこそ、我が村へお越しいただきました。ケンさんはリョウさんの息子ということで、村民はみな大歓迎です。お好きなだけここに居てください。それでは乾杯！」と盃を飲み干す。自分も村民も同じように飲み干す。僕は、立ち上がり「竜神健です。父の亮も1年近く、この村にお世話になったと聞いています。僕は10歳の時に父を亡くしていて、あまり父の思い出がありません。みなさんに父のことを色々聞きたいと思いますので、よろしくお願いします。そして、父はこの村の文字で日誌を書いていました。帰るまでに、この村の文字を読めるようになりたいので、ご協力をお願いします」と言うと驚きの声があがった。

「リョウは村の文字で日誌を書いていたのか。わかった、あなたに文字を読めるように教えよう。レイ、明日からケンさんに教えてあげなさい」

「はい、お父さん」

「レイさん、よろしくお願いします」

しばらくすると、入れ替わり立ち替わり村民が僕のところにやってきて父の思い出話をしてくれた。最後に来た綺麗な中年の女性が涙を流している。

「どうかされましたか?」

「リョウに似ていて、つい涙が出ました」

「彼女はケイトで、リョウの助手として研究を手伝っていたんだ」と村長。

「ケイトさんは、父のことをよく知っているんですね。なんでも良いので、教えてください」

「ここにいる間ずっと研究を手伝いましたので、ケンさんに私が知っていることはすべてお話しします」

「やったね、健。私もすごく嬉しい」と京子がはしゃぐ。もちろん僕も嬉しいが、父の最期の場面や背負っていたものを引き継がないといけなくなるプレッシャーもかかって京子みたいには単純に喜べない。その日は2時間ほどで宴会もお開きになり、それぞれの部屋に戻る。

感慨に耽っている僕をクリスが見て「いよいよ、いろんな謎が解けるな」と言った。

「ああ、少し怖いよ」

「怖い？　お前らしくないな。高い山を登る時、振り返って下を見ると怖くなるから前だけを見て進むんだと教えてくれたのはケンだろ」とクリスは少し笑いながら話す。

「そうだったな、今は振り返らず前に進むしかないな」

次の日から、ジャシ族の文字を午前中にレイから教わる。少数民族では文字がない民族も多いが、このジャシ族はナシ族の使っているゴバ文字の変形バージョンのような文字を使っている。基本は欧米語と同じように表音文字なのだが、一部漢字が交ざっている不思議な文字で簡単に覚えることができない。

午後はケイトのところに行って、父の研究や思い出話を聞いた。

「なぜ、父はこの村を選んだのでしょうか？」

「実はマルコ・ポーロがこの村に来たことが2度あり、その伝説が語り継がれているからなのよ」

「ここに2度も来たんですね。どんな伝説があるんですか？」

「死にそうだった茶畑がマルコのおかげで生き返ったとか、2度目に来た時にも持っていた薬で死にそうな村人が助かったという話など沢山あるのよ。小さい村で人の出入りがあまりない村だから逆に昔からの話が多く残っているのよ」

「この村は当時大きかったのですか？」

「いいえ、今と変わらないわ」

雲南を統治していたと言っても、雲南は非常に大きな省である。面積でいうと日本よりやや大きいくらいだ。こんな小さい村に父が惹かれる何があったのか。とても奇妙な感じだ。

「父はどんな人でしたか？」

「あなたのお父さんは、物静かだけど優しくハートは熱い人だった。この村から、昆明や大理などマルコ・ポーロの足跡の手がかりになるような話があると飛んでいったわ。それととても家族思いだった。あなたのお母さんとあなたのことをよく話をしていた。息子には、大きな世界があるんだからとにかく好きなことをやってほしいと言っていたわ」

「父はあなたのことを本当に信頼していたのですね」

ケイトと話をしていると母といるような安心感がある。全く記憶にない父親像が少しずつ完成していく感じだ。まるで、ジグソーパズルのピースが一枚ずつはまっていき、絵が少しずつ完成していくように。

自分の部屋に戻るとクリスとロバートでクイズを出しあっている。ジャシ族の文字を早く覚えるためだ。

「おお、ケン、お帰り。おまえもクイズに参加しろよ。一番、間違えたやつが、町に買い出しに行った時にご馳走するんだ」

1週間もいると、ここの料理はバラエティがなく飽きてきたのも事実だ。ロバートは普通こういうクイズとか好きではないが、食べることが人一倍好きだから、一生懸命やっているようだ。

「いいよ、でも僕が一番強いと思うけど、文句言うなよ」

「自信満々だな」

実際のところ、僕の圧勝だった。言いだしたクリスが一番負けた。次回の買い出しの時は、クリスの奢りとなった。

4

さらに1週間ほど経って、この日はケイトの家に行く。今日は京子も一緒だ。そろそろ心の準備も出来たので、父の最後の日のことを聞こうと思い京子も誘った。

「ケイトさん、今日は父が事故にあった日のことを聞かせてください」

「わかったわ。あの日は、山を越えて隣の村にいる占い師のところへ行こうとしていたのよ。そして山を登っている時に上から岩が落ちてきてお父さんは……」

言い終わらないうちにケイトの目に涙があふれ嗚咽が始まった。京子もつられて泣いている。

「そこへ連れて行ってください。父の事故の現場に」

ケイトは一瞬戸惑った顔をしたが、覚悟を決めたようにうなずいた。

「わかったわ。明日朝早くから行きましょう。ちょっと時間かかるし、急な山道なので、準備も必要ね。村長さんに行ってあなたたちの荷物を用意させるわ」

「ありがとうございます」

自分たちの宿に戻る時に京子が「大丈夫?」と僕に言った。

「大丈夫だ。心の準備はとっくに出来ている」

「健、逞しくなった気がする」

「そうか?」

「うん」

5

リーンと目覚まし時計が鳴る。鳴った瞬間にベルをとめる。ここに来て時計にタイマーをセットしたのは初めてだ。ここの生活はそんなに時間に厳しくしなくても良いからだ。ただ今日は、かなりの距離の山登りをするので、朝早く出発しないとならないからタイマーをセットしたのだ。クリスとロバートはびくとも動かないほど熟睡している。部屋を出ると京子がすでに待っていた。

「早いな」

「よく眠れなかったの。健は?」

「僕はぐっすり眠ったよ」

「そう」

「ケイトのところへ行こう」

ケイトの家に着くと登山用の荷物が揃えられている。靴から非常食やレインコートまでだ。「さあ出発よ」着替えると、いよいよ山に向けて出発だ。すでにこの村自体が山の中にあるのだが、さらに頂上へ向かって登っていく。登りながら、この風景を父も10年前に見ていたのかと思うと不思議な気持ちになる。自分も京子も空手で体を鍛えているためがんがん登っていけるが、ケイトは村から最近出ていないためきつそうだ。少しずつ登っては休憩を取る。

2時間ほど登るとかなり傾斜が厳しく道も狭くなってきた。1人しか歩けないくらい狭い。山頂も視界に入ってきた。そこから30分くらい登った時だった。ケイトが指を指した。

「あそこよ」道は相変わらず狭いが、比較的なだらかな道だ。

「私が道を知っているので、前を歩いていたの、お父さんは少し後ろを歩いていた。岩が落ちてきたのをお父さんの方が先に気づいて、私に上から岩が落ちてくる、隠れろと叫んで教えてくれた。私は運が良く岩陰に隠れることができて助かったの。次にお父さんを見た時には、姿が見えなくなってた」後半は泣きながら話をするケイト。

「父が落ちるのは見なかったんですね」

「そう、次にあなたのお父さんを見たのは……崖の下から担架に乗せられて……」

「すでに父の命はなかったんですね」

涙を流しながらケイトは頷いた。

父が落ちたあたりに行ってみる。上を見ると青い空がまぶしい。下は急な崖だが、たくさんの木があり、どこかに引っかかって助かりそうな気もした。ここで死んだのか。無念だったろうな。確かに上から石を落とせば簡単に事故に見せかけることは可能だ。横を見ると京子が手をあわせて祈っている。自分も祈ることにした。

「お父さん、どこまでやれるかわからないけど、僕はお父さんの研究を引き継ぎます。天国でお母さんと一緒に見守ってください」と心の中でつぶやいた。

6

1カ月が経った。文字もまずまず読めるようになったので、村を離れることに決めた。離れる前の日、レイに明日の朝、見せたい景色があるから、早起きして、と言われたのでクリスもロバートも寝ているが、僕だけ起きて、レイと一緒に出掛けた。レイに連れて行ってもらった場所は、山々の間から、朝日が昇ってくる景色が見える場所だった。

「ここはリョウが好きだった場所、そしてこの朝日をよく見ていた」

父がここにいて、好きだった場所だったんだ。日本でも父が好きな場所なんてひとつも知らない。レイが話してくれて、また父との距離が一歩近づいた感じがして、しばらくその景色を見つめていた。帰り際にレイが、僕に刺繍が施されたブレスレットを渡してきた。

「これは?」

「お守り」

「ありがとう」

「また来てね」

「また来るよ」と答えるとレイは嬉しそうな顔になった。山から戻ってくると、すでに荷物をまとめた京子が外にいる。

「健、朝からデート？　やるじゃない」と冷やかすが、なんとなく機嫌が悪い。

部屋に戻り、荷物を持って、ケイトや村長にお礼をしてタクシーに乗り込む。この1カ月で自分の心境に大きな変化があったことは間違いない。今までは、父の遺志を引き継ぎ調査研究をしようとやってきたが、父親像が元々ないため自分に言い聞かせて行動しているところがあった。でも、この村で生活したことで父親がこういう人でその思いは、こうだとはっきり言えるだけのものを得た。そのため今ははっきりと父の遺志を引き継いで自分の道を歩いて行こうと思う。やっと自分の核になるパーツがはまった感じがした。

「クリス、ロバート、僕は一旦、京子と一緒に東京へ戻るよ。早く日誌も読みたいしね」

7

久しぶりの東京だ。父の研究部屋に行く。父が近い存在になったからか、同じ部屋でも何か感覚が違う。

京子からＬＩＮＥが入る。「お父さんの研究部屋にいるんでしょ。私も行きたい。いいかな？」

ＯＫというスタンプを送る。「やった」というスタンプが送り返されてくる。１時間もすると京子がやってきた。

「ケーキ買ってきた。美味しいコーヒーつきだよ。ちょっとこない間に新しいケーキ屋ができてた。そこで買ってきちゃった」

「そうなんだ」

「もう読み始めた？」

「まだだよ。色々整理しててね」

「読もうよ」

「慌てなくても逃げていかないよ」

父の日誌を取る。少しどきどきする。読み進めるとすぐにわかったが、日本語で書いていた日誌は情緒もあるし、文書としてしっかり書いてあったが、ジャシ文字では箇条書きでメモのように書いている。これは、ジャシ文字ではしっかりとした文書を書くのに時間がかかるせいもあると思うが、日本語からわざわざジャシ文字にしているくらい誰かに読まれるのを気にしていたからだと思った。

読めるようになったといっても時間はかかる。京子と相談をしながら少しずつ読み進める。文書というよりメモなためより難しい。また、間違って書いているのではと思う箇所も結構あり思ったようにはいかない。ただ、わかっていることは最後の３カ月間の日記はないことだ。最後の日記帳はシーサンパンナで奪われたのか、紛失したのか、今となっては母にも確認できないためわからない。

「ねえ、パパが今夜一緒に食事しないかって誘っているけどどう?」

「真おじさんに挨拶しないといけないと思っていたところだからいいよ」

「わかった。きっと喜ぶよ」

8

真おじさんと食事するのはなぜか緊張する。今日は個室で中華料理だ。

「健君、久しぶりだね。北京に留学して、雲南まで行って、見た感じもたくましくなったね」

「そうですか?　自分ではよくわかりませんが、大学にも色々な人種がいるので、そういう意味ではコミュニケーションのとり方は以前よりはうまくなった気がします」

「お父さんの亡くなられた場所も見てきたそうだね。大変だったね」

「いえ、それは望んだことでもありますし、父がやりたかったことがわかって自分にとって良かったなと感じています」

「自分のルーツがわかった感じかな。研究もはかどりそうだね」

「それが、なかなか難しくて父の日誌も読めるようにはなったんですが、時間がかかります。箇条書きのメモのようなもので、文字は読めるが、内容も謎解きのようなところもあります。ショックだったのは、死ぬ直前の3カ月前からの最後の日誌がないことです」

「そうなんだね。以前も話をしたが、私は健君の研究を全面的に支援するからね。必要な経費や旅費などあったら遠慮せずに言ってください」

「パパったら、なんでいつもそんなに気合が入っているのよ。健がかえって困るでしょ」

「すまん。ついつい熱くなってしまって」

「いえ、ありがとうございます。実際のところ今後、研究調査を進めるのは費用がかさむので難しいなと思っていましたので、そう言っていただき嬉しいです」

「何かあったら言ってください。今日はとにかく食べて飲もう」

「もう、パパったら」

正直なところ、真おじさんが支援をしてくれる話は、以前は迷惑だなと感じたこともあったが、今は本当にありがたいと感じている。母がなくなり、遺産も沢山あるわけでもなく、学費もそこから出している状況であり、バイトでなんとか生活費を賄っているからだ。

9

日誌を読み進めていくと父が3度もジャシ族の村に行ったことがわかった。それ以外だとベネチアへそして泉州や揚州にも数度行っている。ベネチアに最後に行った時の日誌が気になる。その日誌には、こう書いてある。

「9月14日　ベネチア　真実　マルコ」

このようにメモ的な記述なのだが、ベネチアに行ってマルコの真実を見つけたということではないか。それにこのベネチアに行ってから今までと違い頻繁に色々な場所に出かけている。何かを見つけてそれに基づいて行動を起こしている感じもする。とすればもう一度、マルコ家のマリアおばあさんに会ってこの話をぶつけてみたい。

「京子、日誌を読み進めていて気になる箇所があるんだけど明日でも来れる？」メッセージを送るとすぐに「いいよ。授業が終わって午後3時には行けるよ」と京子から返信があった。

「待ってる」

10

京子はメッセージの通りに午後3時にやってきた。

「日誌を読んでたら、メモ書きのようだけど、意味がわからない文があるんだ」

その箇所〝ローマと日本仕切る蘭箱〟を見せる。

「確かに全く意味なさないわね。そもそもジャシ文字で書いている日誌の端に日本語で書いているから別の時に書いたのね」

「そうだと思う。でも走り書きにしては、一文字一文字が、筆圧が強いから、あわててメモをとったという感じじゃない」

「確かに、丁寧に一文字ずつ書いてあるわね」

「なんだろう？」と言うと、京子は何かを閃めいた顔になって、

「暗号じゃない？」

「暗号？」

「よくあるじゃない。並び替えると別な意味の言葉になる」

「あっ、そっか」

あわてて、文字をバラして並べ替えてみる。

「日本もニホンではなくニッポンかも。同じように箱もハコではなくバコかも」

何分もかけてやってみると、「マルコ・ポーロになるよ」と叫ぶ京子。

「本当だ」

さらに色々いじってみる。

「あっ、羅針盤になった」

「残りは……キ・ト・ツ・ニ。『日記と』、だ」

「マルコ・ポーロ日記と羅針盤だ」と京子がまた叫んだ。

「マルコ・ポーロには自分で書いた日記があったんじゃないか。そういえば、ポーロ家のマリアおばあさんもマルコの資料と一致するみたいなこと言ってたな……もう一度、ベネチアに行きたいんだけど、一緒に来てもらえないかな？」

「うん、いいよ」

「ありがとう」

「いいの、私も同じ思いだから」

携帯にメッセージ音が鳴る。

「クリスからメッセージだ」

「元気かな」

メッセージにはケン宛に変なメモが届いたとのこと。そのメモには、〝これ以上マルコ・ポーロの研究を続けるな、続けると不幸なことが起こる〟ということが書かれているとのこと。京子は眉をひそめている。

「気味悪いね。どうするの？」

「もちろん前に進むだけだ。気を付けないといけないが、色々な謎を解くチャンスかもしれない」

「そうかもね。私もどこまでもついていく」

「京子にこれ以上危険な目にあわせたくない」と強く言うと、

「もう！　基本的に巻き込まれているでしょ。ベネチアにも来てほしいんでしょ」ともっと京子に言い返された。

「そうだけど」と圧倒され声が小さくなる。

「私も自分で決めて行動しているのよ。健のためだけじゃない」

「わかった。ありがとう」

「じゃ、早速家に帰ってパパに話をしてくる」

30分後、京子から「パパOK」というスタンプが来る。それとベネチアにいるファビオに事情を説明してポーロ家のマリアだけに会いたいと伝えておいたとメッセージが続いていた。なんて気が利く子なんだろうと改めて感心した。

第六章　マルコの日誌と羅針盤

1

ベネチアの地に再びやってきた。ポーロ家の一員だと言われたせいなのか、たった一度しか来ていないのに懐かしい場所に戻ってきた感覚にとらわれた。

前回と同じようにファビオが迎えに来てくれている。

「ケンさん、キョウコさん」

ファビオとハグをする。

「さあ、まずはホテルで休憩してください。明日ミーティングをセットしてあります」

「ファビオありがとう」

「マリアもケンにまた会えるなんてと言って非常に喜んでいました」

「それは良かった。元気なのかな」

「ご高齢なので調子が悪い日もありますが、お元気でいらっしゃいます」

そうこうしている間にホテルに到着する。

2

次の日の朝、ファビオが迎えに来て、早速、マリアに会いにレストランへ行く。おしゃれなイタリアンレストランだ。一軒家だが、大理石がふんだんに使われていて豪華だ。

個室に通されると、マリアはいつもと同じくエレガントな佇まいで座っている。

「ケン、おかえり」

「マリアおばあさん、帰りました」

前回、ベネチアに来てからこれまであったことを京子が報告する。

「マルコは日記と羅針盤を持っていたのではないですか？」

マリアはうなずいて「日記は東方見聞録のあとに書いたものなの。釈放されてからね」

「それを見せてもらえませんか？」

マリアは、無言で手荷物を取り出す。木箱が見える。上の木の蓋を開けると、木でできた羅針盤が出てきた。羅針盤というと手のひらに載るほどの大きさをイメージするが、これはかなり大きく、横縦30㎝の正方形で高さも15㎝もあり、しっかりとした作りである。さらに、普通の羅針盤は針がひとつだが、この羅針盤には2つ針がある。正確には通常の羅針盤の針と固定された針だ。固定された針は、時計のように数字が1から時計周りに12ではなく15まで均等に刻まれている、その12の数字を指している。

「この12という数字は海図に書かれている12だと思うわ」

「手に取っても良いですか？」

マリアが黙って頷く。

僕と京子は興奮気味だ。

「後ろに何かを入れるような差込口が3つあるわ」

京子に言われて後ろを見る。三方から細長いものを差し込めるような口がある。

「確かに何かを入れるようになっている。おばあさんはこれについて何か知らないですか？」

「リョウは、ここにあるものを入れると、固定した針が動き他の番号を指すのではと言っていたわ」

「この羅針盤が指し示している12のところが最初の鍵となるものがある場所に違いない」

マリアは海図のコピーも出してきた。古い海図で、書き込みがされている。確かに数字が15まであり、マルコが行ったと思われる場所に数字が書かれている。

「えっ」と京子が叫ぶ。

「これは、ジャシ族の場所あたりだ……」

「ケン、くれぐれも気をつけてね。リョウは、そこに行って戻ってこなかったのよ。それからこの日誌と羅針盤と海図のことは誰にも言ってはいけないわ。ポーロ家でも知っているのは、ごくわずかよ。この羅針盤はいつも私が持っている」

「わかりました」

やっとつながってきた。父は、シーサンパンナで、この鍵となるものがある場所を探していたのだ。そして事故で亡くなった。殺されたかもしれないが。

「日誌はあなたが必要だと思われる箇所をコピーしてきたわ。リョウが探していたジパングの記述はフビライ・ハンが怖かったみたいで、触れられていない」

そう言うと僕に書類が入った袋を渡すマリア。

「それからケンに家宝のひとつを渡すわ。これはマルコが持って帰って来たものよ」

高級そうな布に包まれたものが出てくる。マリアがその布を取った瞬間、まぶしい光で何も見えなくなった。

「これは?」

「きっとこれがケンの未来の道を開いてくれるわ」

黄金でできている細長い長方形のもので、盤面に獅子が彫られている。

あまりの衝撃で言葉を失った。京子も口が半開きなままだ。

「マリアおばあさん、これはマルコがフビライからもらった通行証の黄金牌子《はいし》じゃないですか？」

「さすがケンね。この黄金の通行証でマルコはどこにでも行けたのよ」

「こんな貴重なものを私に預けていただけるのですか？　正直言って怖いです」

「いいえ、これと同じものがマルコ家にはもうひとつあるから心配しないで」

「……」

「持っていきなさい。必ず役に立つはずだわ」

それを袋に丁寧に入れて、一礼して店を出る僕と京子。

店の外に出るとこちらの様子を探っている男がいるが、目が合うと歩き去った。

「今の男、見覚えあるな」ファビオの車に乗り込むと僕は京子と話す。

「誰かいたの？」

「店から出てきた時に目が合った男とどこかで会った気がする。そうだ、ポーロ家で会った若い男だ」

「セバスチャンね」

「そうだ、そいつだ」

「セバスチャンなら話しかけてくれれば良かったのにね」

「僕たちが特別なことで、マリアに会っていると思ったからだろう。京子もくれぐれも気をつけろよ」

「わかってるわよ」


ホテルに戻ると電話にメッセージが残されている。噂をすれば何とかという通りセバスチャンからだった。明日の昼に指定のカフェで会えないかという内容だった。夕方の飛行機まで時間はあるし、断る理由もないので、会うことにした。返事はファビオにしてくれという伝言なので、ファビオに電話してセバスチャンに会うと伝える。京子にも電話して、そのままホテルで夕食をとることにした。

最上階のレストランに着くと京子がすでに座っていて手を振っている。

ここのレストランの夜景は素晴らしい。ベネチアの運河を見渡すことができる。運河沿いはライトアップされその間を船が行き交う幻想的な光景が広がっている。今の自分の精神状態も浮き足立っていて、この夜景とマッチして現実感が今ひとつない。

「何、ボーッとしてるのよ」

京子に言われて我に返り、席まで歩いて行く。

「どうもこの夜景のように幻想的で現実味がないな」

「仕方ないわよ。私だってそうだから、健は当事者だしね」

「セバスチャンは何を知っているのかな」

「でも、マリアは誰にも言ってはいけないと釘を刺してたわよね」

「そう、だから何を知りたいのかを知りたいんだ」

「鎌をかけてくるかもしれないわね。引っかからないでよ」

「自分こそ顔に出すなよ。京子はすぐ顔に出やすいからな」

図星を言われてバツが悪いのか来たシャンパングラスをとって、

「とにかく乾杯！」とシャンパンを飲む京子。


ホテルロビーに集合時間に行くと、すでに京子とファビオがいる。

「おはよう」「おはようございます」と声をかけられる。

「おはよう」と返すと早速、外にむかって歩き出す2人。

車が出発すると5分くらいで指定のカフェに着いた。

カフェの奥には個室がある。そんなに大きくはないが3人であれば十分の大きさだ。個室に入るとセバスチャンが出迎えて、握手して挨拶を交わした。

「早速、本題に入るが、昨日、マリアと会ってたが、何かもらうか預からなかった？」

「近況報告に来ただけで、何ももらってない。逆に聞きたいが、私たちが何をもらったと思っているのか？」

「マルコの何か貴重なものだ。リョウもそうだったが、君もマルコを調べているのは知っている」

「父は考古学者だったから、父が何を研究していたのかを知りたくて調べてはいる」

「何ももらってないんだな」と口調がきつくなる。

「何ももらってないよな、京子」

「ええ、何ももらってないわ」

「そうかわかった。無駄な時間を使わせてしまったな。コーヒーでもゆっくり飲んでくれ。ここのエスプレッソは格別なんだ」

セバスチャンはボーイを呼ぶとエスプレッソとケーキを頼んだ。

エスプレッソが来るまで、セバスチャンは自己紹介を始める。大学ではサイエンスの専攻だったことや現在は起業を目指していることなどである。かなり時間がかかって、やっとエスプレッソとケーキがくる。確かにうまいが、エスプレッソは量が少ないので、あっという間に飲み干してしまう。

「お代わりもらうか？」と聞かれるが、もう待ちたくないし、丁寧に断る。

京子もケーキも食べ終わったので、帰ることにする。入口までセバスチャンは見送ってくれたが、彼は僕の言ったことを信じたのかはわからないが、期待したものが何も得られず消化不良な感じは伝わってきた。

ホテルに戻る。

部屋を開けてしばらく言葉を失った。部屋が荒らされている。そんなに荷物があるわけでもないので、すぐに何も取られてないことはわかった。京子が心配になり部屋に行く。京子の部屋も荒らされていた。すでにホテルの人が来ていて警察を呼んだらしい。

「健、あなたもやられた？」

「ああ、やられた。何か盗まれた？」

「大丈夫だと思う。貴重品持ってきてないしね。ところで、あれは？」と京子が真剣な顔で聞いた。

「大丈夫、貴重品としてフロントに預かってもらっている」

「良かった……もしかしてセバスチャン？」と僕も少し思ったことを口に出す京子。

「可能性はないとは言わないが、人を証拠もなしで疑わない方がいいよ」

「そうね」

僕も京子も何も盗まれてないとするとセバスチャンかどうかは別にしても、やはり目当ては、マリアにもらったものだったに違いない。今後は益々慎重に行動しないといけない。

「ねえ、健、あの黄金のものは通行証なの？」

「そうだ。昔は金属を通行証にしていた。元の時代も銅や銀もあった。でもこの獅子の頭が彫られているのは、位の高い人に渡していたものだよ」

「それだけマルコがフビライに信用されて高位にいたって証しだね」

「そうだ。黄金の牌は、どこでも迅速に通行できたらしい」

「今後どこかで役に立つのかな？」

「わからないけど、フビライ・ハンのお墨付きをもらった感じで心強い気はしてる」

「わかる！　水戸黄門の葵の御紋を持ってる感じ」

京子が誇らしげにこの金牌を見せつけている絵が浮かんできて笑ってしまった。

「また、変な想像をしたんでしょ」

「京子が変なこと言うからだろ」

3

東京に戻り、もう一度、雲南に行く用意を始めている時に、ポルジギン教授からメールが来た。メールの趣旨は、モンゴルに来てほしいということだった。父のノートが出てきたので渡したいのと、そのあとの調査の進み具合について聞かせてほしいということだった。雲南に行きたい気持ちもあったが、ポルジギン教授にも相談したかったし、何より父のノートも見てみたいという気持ちが勝った。今回は京子を連れず1人で行くことにした。

空港に着くと、前回と同様にキャシーが出口で待っていた。そのまま車に乗せられて大学に向かうのだと思っていたが、スマホの地図アプリを見ていると大学とは別の方向に走っている。

「キャシーさん、大学と方角が違いますが、どこに行くのでしょうか？」

「お連れしたいところがあります。1時間半近くかかります」

「わかりました。教授もそちらにいらっしゃるのですか？」

「今、来ていただくように連絡しました」

「ということは、教授ではなくキャシーさんが私を連れていきたい場所なのですか？」

「そうです」

「どういう場所ですか？」

「行けばわかりますので、しばらく風景でもお楽しみください」

「わかりました」と言ったが、前回会った時と違って強制されている雰囲気があった。まるで拉致された感じだ。

車は、都会からどんどん離れた。見渡す限り壮大な草原が続いている。こういうところで、まさにチンギス・ハン一族は生まれ育ったのだ。ロバートに連れて行ってもらったゲルで生活した旅行を思い出した。

1時間を過ぎると遠くに大きな像が見えてきた。チンギス・ハンの騎馬像だ。きっとあそこに連れて行くのだと思った。その予想は当たり、チンギス・ハン騎馬像のある草原の丘に到着した。遠くからでも大きい像だと思ったが、目の前で見ると、像というより建物ではないかと思うほど大きい。それもそのはずだ。なんと高さが40mもある。その像がだだっ広い草原の中にまさにポツンと立っているのだ。周辺には多少施設もあるが、この像は圧倒的だ。見とれていると、もう1台の車がやってきた。その車に見覚えがあった。ポルジギン教授の車だ。運転席から教授が降りてくる。

「ケン元気かな」

「教授、ご無沙汰してます。僕は元気です」

教授は僕に笑顔を見せてから、キャシーの方を向いて言った。

「キャシー、何を考えているんだ。どうしてこんな場所に連れてきたんだ」

「先生、私の仲間が、ここで話をしたいというからです」

そう言うと、キャシーの後ろから、1人の男が前に出てきた。

「先生、お久しぶりです。覚えていらっしゃいますか？」

「もちろんだ。私の助手をやってくれたトムじゃないか」

「先生、あの時もジパングの調査研究をするのは、やめてくださいと忠告したと思います」

「今でもまだ、そんなことを言うのか」

「先生は、ジパングの研究を始めてからおかしくなりました。調査費を借金したせいで、先生の家庭が壊れ、リョウさんも亡くなった」

「君には関係ないことだ」

「関係ありますよ。どれだけ、自分やキャシーも傷を受けたことか……」

「考古学の研究は、それだけ大変なんだ」

「いえ、ジパングは考古学の研究を超えた恐ろしいものを持ってます」

「どういうことだ」

「トレジャーハンターが追い求めるような危ういものがあります。先生も気づいているはずです。関わる人をどんどん巻き込んで不幸にしていく力が……」

「もしかして、前回、ケンが来た時に起きた事故は君がやったのか」

「あれは、あそこまで大きな事故になるなんて思わなかったんです。ちょっと警告するつもりだったのです」

「なんていうことを……」

「とにかくケンも先生もジパングを追うのをやめてほしいのです。今後も間違いなく恐ろしいことは起きるでしょう」

「君の言いたいことはわかったが、脅そうが何をしようが、決めるのは私であり、ケンだ」

「権力やお金は人を狂わせます。モンゴル民族は草原の暮らしが一番良いのです。大きな帝国を築いたことを誇りに思っている者もいますが、私にとっては、この草原でモンゴル民族らしく生きていることが誇りなのです」

「それでこの場所に連れてきたのか」

「そうです」

「トムさん、僕の話も聞いてください。僕にとって黄金があるかないかなんてどうでもよいんです。でも、父が死ぬ危険を冒してでも見つけようとしたジパングという人類の遺産を、僕は父の遺志を継いで見つけたいのです」強い口調で言うとみんな僕を見ている。

「それで多くの人が不幸になってもいいのか？」

「本当にそうでしょうか？　考古学と歴史的な遺産は切っても切り離せないものだと思います。でも、それによって、人類がどういう歩みをしてきたのか、そこでどんな生活をしてきたのかを知ることで、現代人へのフィードバックがあるのではないですか？　そのために考古学はあるのだと思っています」

「綺麗ごとだ」

「僕は単純に父が何を考えて何を見つけたかったのかを知りたいだけなのです。そこでもしジパングを見つけたとしても、すぐに公表すれば、多くの人を不幸にすることなんてないんじゃないんですか？」

「君はまだ何もわかってない」

「でも、ケンが知りたいって思うことを私たちが邪魔していいの？」それまで黙っていたキャシーが口を挿んだ。

「キャシーまでなんだ」

「ケンの話を聞いて、私たちは間違っていると思ったわ。ケンなら信じてみたい」

「実際に見つけたらおかしくなるぞ」

「言いたいことはわかるけど、私はケンを信じる」

トムとキャシーの話は続いたが結論は出なかった。それから1時間ほどして、僕は教授の車に乗ってホテルに戻った。車の中で、教授も僕もほとんど話さなかった。その日は、お互い疲れていたので、次の日に大学で会うことにして別れた。

次の日、教授の研究室に行くと、キャシーが大学を辞めていたことがわかった。そしてトムが警察に出頭したとのことだった。

「早速、リョウのノートを渡したい」と教授が言うと、僕に1冊のノートを渡してくれた。でも期待していた最後の3カ月の日誌ではなかった。パラパラ見ると、メモ代わりに使っていたノートのようで走り書きや備忘録のようなものが書かれていた。その中に、母に送るメールの下書きのようなものがあった。そこに書かれていたメッセージに目が釘付けになった。僕の10歳の誕生日に送るものだった。「健、10歳の誕生日おめでとう。いつものことで申し訳ないが、お父さんは、研究のために健の近くでお祝いをしてあげられない。でも、心はいつも健の近くにいるよ。お母さんの言うことをよく聞いて、お父さんの分もお母さんを助けてあげてほしい。10歳はもう立派な男だ。頼むぞ」と書かれているが、何度も書き直している。記憶に無い父の天国からのメッセージのような気がした。今更だが、愛されていたんだという温かい気持ちが心に広がるとともに、父の遺志を継ぐという強い気持ちが大きくなっていた。

「教授は、キャシーさんたちが言っていたことはどう思われるのですか?」

「言いたいことはわかる。彼らにも迷惑をかけたのだろう。反省すべきところはある。しかし、研究は続けなければならない。それが私のミッションだと信じている。ケンはどうするのかな?」

「僕も調査を続けます。そこにどんな困難があったとしても」

「そうか、それを聞いて私は嬉しい。リョウもきっと同じだと思う。それで調査に進展はあったのか?」と聞かれたので、ポーロ家にあった羅針盤や日誌の話を少し躊躇したがした。教授は話を聞いている途中から、かなり興奮していたが、これからは、特に慎重に行動しなさいとも言ってくれた。

帰りの飛行機に乗りながら、この旅で、僕の不完全だったところにさらにいくつかのパーツが入って来て、僕という存在が形になりつつあるという不思議な感覚にとらわれていた。あわせて体全体に力がみなぎってきていることも。

第七章

雲南の占い師と赤い鍵

1

東京に戻ってからもう一度、雲南のシーサンパンナに行く準備を進める。ロバートとクリスにメッセージを送ると、彼らも一緒に行くと返信が来る。父が死んだことになった同じ道を行くという中で2人の参加は心強い。

自分の中では、どこに鍵となるものがあるか確信がある。父が最後に会おうとしていたのは、山を越えたところにある占い師だ。必ずヒントがあるはずだ。占い師に会わないといけない。京子は参加させたくないのだが、真おじさんの許可を得たので、行くと言い張り、僕の方がおれた。

山登り用の靴や装備を整えるため京子と買い物に行くことにした。

山登りの専門店に入ると靴やリュックサックなど沢山ありすぎて何を買えば良いのかわ

からない。途方に暮れていると、店員が近づいてきた。

「何かお探しでしょうか?」

「今度、山に登るのですが、初心者同然で、どんな服装や装備を持っていくのが良いのか、よくわからないんです」

「どこにある何という山ですか?」

「中国雲南省のシーサンパンナにある山で、名前はちょっとわからないです」

「そうですか、どのくらいの高さの山かわかりますか? 登る時期は今からですか?」

「高さは1800mの山で、山の中腹にある村から山を越えたとなり村までで約5㎞程度の日帰りの距離しか歩きませんが、2人とも初心者なので、それにあった靴や装備をお願いします。出発時期はすぐです。以前途中まで登った時の写真もありますので、見てください」そう言って、携帯の中に保存してある写真を店員に見せる。

「わかりました。それなら、このように足首もしっかり固定するハイカットの靴が良いでしょう。リュックも軽くて丈夫なこういうモデルが良いと思います。雨が降ってきてもしっかりした防水なので心配ありません」

次々と装備を買っていく。

「これで完璧ね」と嬉しそうな京子を見て若干心配になる。

「遠足行くわけじゃないんだぞ。浮かれるなよ」

「わかってるけど、何か装備が揃うといつでもかかってこいという気持ちになるわ」と京子は好戦的な顔になっている。

「戦いに行くわけじゃないんだぞ」

「ある意味で戦いに行くんじゃない。お父さんが行きたくても行けなかった場所に行くんだから」

「言いたいことはわかるけど」

装備を装着すると気持ちが高揚してくるのも事実だ。あの山を越えれば父の行けなかった場所に行ける。今までは父が何をやってきたかを追っていたが、ここからは父のやりたかったことを引き継ぐのだ。

2

シーサンパンナの空港に着く。出口には見覚えのある顔が並んでいる。クリスにロバートにケイトだ。懐かしい、みんなとハグする。

「再会のお祝いをしたいところだけど、明日早い時間から山を越えて占い師のところに行くから今日はホテルに行ってすぐに休みましょう」とケイト。

久しぶりにみんなに会ったので、一杯やりたかったのが本音だ。でも明日父が亡くなった山を往復しなければならないのと、疲れてもいたので、ケイトの言う通りにした。

次の日の朝、全員珍しく遅刻もなくホテルのロビーに集まった。一度登ったことがあるが、峠を越えるのは初めてだし、全員に緊張感がある。何かあるかと思ったが、父の事故現場でも何も起こらずスムーズに占い師の家まで着く。占い師の家だから、何か変わっているかというと、外観は、そんなこともない。一般的なこの地区の山に住んでいる人の家だ。中に入ると様子が違った。お香だと思うが、独特の香りがするし、民族衣装のようにカラフルな布が、家中に飾られている。

ケイトが交渉してくれたが、結局、占い師と会えるのは僕だけになった。みんなは、他の大きな部屋で待つことになった。

占い師の部屋に通される。少し薄暗い。水晶でも置いてあるのかと思ったが、特に何も置いてはいない。椅子に座るとじっと僕の顔を見ている。僕も占い師の顔をじっと見る。かなり高齢だなと感じる。じっと見ていると吸い込まれるような大きい澄んだ目をしてる。

「何かを探しているね」とジャシ族の言葉で訊かれる。

そんなにしゃべれるわけでもないので「はい」とだけ答える。

「探しているものは何？」

「父が探していたものです」

「それは？」とまた訊かれたので、紙を取り出し、「マルコ・ポーロに関係あるもの」と思い切って書いてみる。占い師の表情が少し緩んだ気がした。

「それには、それをもらう資格があなたにあることを証明しないといけない」

資格を証明？　そんなものは持ってない。もしかしたら金牌か……持ってくるのを悩んだが、ホテルに預けてある。今思いつくものは、それしか考えられない。

「今は持ってないが、明日証明するものを持ってくる」と書く。

「明日は1人で来なさい」と強く言われる。

「わかりました」と答える。

占い師の部屋から出ると、みんな一斉に寄ってくる。

真っ先に「どうだった？」とクリスが聞いてくる。

「明日、もう一度、1人で来いと言われた」

「そうなの？　健だけ」と少し残念そうな京子。

「ああ、明日もう一度ここに来て、ホテルに戻ってから、みんなに報告するよ」

ホテルに帰って、1人でくつろいでいるとドアのチャイムが鳴る。ドアアイから見ると京子だ。ドアを開けると勢いよく入ってくる。

「どんな話だったの？　詳しく聞かせて」と勢いよくしゃべりかける。

「何かを探しているのなら、それをもらう資格があることを証明しろと言われた」

「えっ、もらう資格って、どういうこと？」

「占い師だからね。見えているのかも」

「胡散臭いけど、大丈夫？」京子は心配している。

「高齢だったけど、目はとても澄んでいた」

「そう」と言いながら半信半疑のようだ。

「明日は1人で金牌を持ってもう一度行ってくるよ」

「気を付けてね」

「ああ、大きく進む気がするんだ」


次の日、金牌を持って占い師の家に着く。着いた瞬間、占い師が出て来て、部屋に案内された。

リュックサックから布に包まれた金牌を取り出し、占い師に渡す。

渡した瞬間、占い師は大きく動揺する。これを持ってくることは想像外なのか、それとも予想していたとしても見るのは初めてで、動揺したのかはわからない。

何度も何度も入念に見ている。しばらくすると金牌を机に置いて、奥の部屋に何も言わず行ってしまう。しばらくすると何かを持って戻ってくる。その持っているものを僕に見せる。赤く黒光りした金属の板だ。金牌と同じくらいの大きさだが、金牌に比べるとかなり薄い。

「これが、あなたが探していたもの」と渡される。

占い師が金牌を入念に見たように自分も入念に見てしまう。これは何だろう。古いものなのはわかる。

「これはなんですか？」と占い師に訊くと「使い方によって多くの人が幸せにも不幸にもなるもの」と答える。

恐ろしい言い方だ。そんなものを持って帰らないとならない。行きはそんなに遠く感じなかった道のりがとても遠く感じる。

一礼して帰路につく。金牌だけでも憂鬱なのに、さらに謎の赤い金属も持っている。全速力で帰りたいが、山で足場も悪く焦ると落ちそうな箇所も沢山ある。

やっと少し足場の良い場所に来ると向こうから3人の若い男がやってくる。その様子を見て、息がとまるかと思った。その3人とも棒を持って自分を凝視して近づいてくるのだ。3人は走って襲ってくる。自分は空手と太極拳で応戦するしかないが、相手は3人で棒を持っている。相手が複数いる場合、襲われる箇所を減らした方がましだ。できるだけ山を背負って戦う。とは言ってもできるだけ相手の攻撃をかわしながら、相手の足を狙って戦うくらいしかできない。張先生ならもっと相手の力を利用して戦うと思うが、さすがに多勢に無勢。時間が経ち、かなり殴られて動きが止まってきた。まずい。その時、別の3人組が現れる。万事休すか……。

　敵が増えたのかと一瞬思ったが、違うらしい。その3人は、なかなかのカンフーの達人だ。あっという間に3人の暴漢を追い払ってくれた。助かった……。

「大丈夫かい？」とその3人のリーダー格の男が訊いてくる。

「ありがとう。大丈夫だ。助かった」

「なんで襲われたの？」と訊かれるが、持っているもののせいかもしれないとは言えないので「わからない」と答えた。どこに行くのかと言うからホテルに帰るのだと言うと、また襲われると大変だから送っていってあげるよとついてきてくれた。

　この3人組は、中国各地を旅している上海大学の学生で、年も同じくらいだ。リーダー格の男は、ジェイという男で、なんとなく馬が合う。おしゃべりで一見軽そうだが、考えはしっかりしている。政治の話を振ったら止まらない。ジェイは山を下りるとすぐに2人と別れて、タクシーを捕まえてくれて、ホテル近くの病院に連れていってくれた。骨に異常はないが、あちこち打撲や擦り傷がある。

　ジェイは「もう大丈夫だろ、またな」と言って去っていった。

　ホテルに戻る。まず、どうするか決めないとならない。この数時間で起こったことをどこまで誰に言うべきなのかだ。怪我を見れば襲われたことはすぐわかってしまうし……占い師に言われたことも気にかかる。幸せにも不幸にもするもの……だから全員に見せていいのか悩む。

部屋のチャイムが鳴る。ゆっくり考える時間を与えてくれない。京子だ。京子に隠すのは難しい。彼女には全部話さないといけないな。

部屋に入ると腕や足の包帯を見て、京子が驚く。

「その怪我どうしたの？」驚いたままの顔の京子が訊く。

「帰りに棒を持った3人組に襲われた。怪我はたいしたことない」

「良かった……襲ってきたのは、どんなやつらなの？」

「20代後半か30代前半くらいの男たちだった」

ちょっと間があって「占い師から何かもらったの？」

「ああ、また持ち歩くのが、怖くなるようなものだ」

そう言って、カバンをあけて、赤い金属の板を京子に渡す。その金属をじろじろ見て京子が言う。

「これは文字も絵も何も彫ってないのね」

「ああ」

「これ何？」

「まだわからないな」

「どうするの？」

「それよりこの板のことをクリスやロバートやケイトに話すべきか考えているんだ」

「どういうこと?」と全く理解できない顔をしている京子。

「あの占い師に、これは使い方によって多くの人を幸せにも不幸にもするものと言われたんだ」

「意味深ね。だから見せるか悩んでるんだ」

「うん」と言いながら頭も気持ちも整理できてない。

「少し1人で考えたい」と京子を見て言う。

「わかった。でも夕食にはみんな揃うから言うことを決めないと駄目だよ。顔と腕を見れば何かあったたって、すぐわかるから」

「わかってる」

京子も何かを考えているようにふらふらと部屋を出て行った。

部屋に静寂が戻ってくる。部屋の気配も重くなってきた。ただ、それに呼応するように頭も感情もクリアになってくる。占い師は何故1人で来いと言ったのか? この板で争いが起こると思っていたからじゃないか。実際にすぐ暴漢に襲われたし、この板のことはできるだけ秘密にしろということに違いない。それを踏まえて、隠す場合、話す場合と頭の中でシミュレーションしてみる。

結論が出た。クリスとロバートにはすべて話し、ケイトには話さないことにした。極力この話をする人は少なくしないといけないが、やはりクリスとロバートはここまで一緒にやってきた仲間だ。京子を含めてこのメンバーだけには事実を共有しないとこの先に進めないだろう。

クリスとロバートを部屋に呼ぶ。僕を見て驚く2人。

「どうしたんだ、ケン」とクリス。

「帰る時に暴漢3人に襲われた」

「大丈夫？」と心配そうな顔のロバート。

「骨には異状なかったからしばらくしたら治ると思う。途中で上海大学の学生に助けてもらった」

「それは良かった。ところで占い師から何かもらった？」とクリス。

「ああ、これをもらった」と言って、バッグから赤い金属の板を見せる。

2人とも息を呑んだ。しばらく言葉が出てこない。

「これは、使い方によって多くの人を幸せにも不幸にもするものと言われた」

「恐ろしいな……」と言いながらクリスは金属を手に取って入念に見ている。

「ケンはこの板が何を示していると思ってるの」

「ロバートの言う通り、ケンはどう思ってるんだ。占い師は何か他に言ってなかったのか？」

「何も言ってなかった。ジパングの指し示す何か鍵になるものだと思ってる」

しばらく沈黙が続いて突然クリスがしゃべりだす。

「ケンがこれは何かを指し示すものといっただろ。それだよ。羅針盤。何か挿入できる口があると話してただろう」

「確かに、それだ。きっと……」と僕は言いながら羅針盤の差込口を思い出していた。

「また、ベネチアにいかなきゃ、ケン」

「うん」

3

3度目のベネチア。不思議なものだ、ここにいると何か安心感のようなものを感じてしまう。ルーツがここにあるからという思いがあるからなのか。今回も僕1人で来ている。

いつものように空港の出口でファビオが待ってくれている。

「ケンさん、お待ちしてました」

「ファビオさん、ありがとう。僕がここに来ているのは、マリア以外には誰にも言ってないですよね？」

「はい、誰にも言わないようにとケンさんに言われましたので」

「ありがとうございます」

「それでは、マリアさまのところにお連れします」

ファビオはそう言うと車に僕を乗せて出発した。ホテルにはあっという間に着いた。スイートルームには、マリアだけがいた。大きなソファに座っている。

「ケン、おかえり」と言っていつもの満面の笑みで迎えてくれる。

「マリアおばあさんもお元気そうで何よりです」

「雲南で鍵になる何かをもらったそうね」

「はい、早速、見てください」そう言ってバッグから赤い金属の板を見せると、マリアは手に取って表にしたり裏にしたりして何度も見ている。

「これは何かしら？」

「羅針盤を持って来ていただけましたか？」

「ケンに言われたから持ってきたわ」と言うと奥の机にある袋から羅針盤を取り出し、持ってくる。

「はい、どうぞ」と渡され慎重に羅針盤を見てみる。後ろに挿入できる口が3つある。赤い金属の板をそっとひとつ目の差込口に入れてみる。途中でひっかかったので、取り出して2つ目の差込口に入れる。奥まで入ったと思った瞬間、羅針盤の固定されている針が動いた。板を抜いて念のため3つ目の差込口にも入れてみるが、やはり途中でひっかかった。

もう一度2つ目の差込口に入れなおして、その羅針盤が示した数字を見る。7だ。

　マリアおばあさんを見ると冷静な顔で見ている。

「羅針盤に入れるためのものでした。知ってましたか？」

「いえ、知らなかったわ。羅針盤の針が動いたけど、それが次のヒントね」

「そうです。おそらくこの金属の板は3枚揃って初めて重要なことがわかるようになっているると思います」

「やはりケンはリョウの息子ね。短時間にどんどん謎を解明していくわね」

「いただいた金牌のおかげです。それを見せてこの赤い板がもらえました」

「そう、早速、役に立ったのね。良かった」

「はい、引き続き頑張ります」

　赤い金属の板を返してもらって、マリアにお辞儀をして帰る。今回は滞在する気にはならない。自分の推理通りで羅針盤とこの赤い金属の板とのことがはっきりわかった。きっとあと2枚あるに違いない。しかし、ここに長居をしてはいけない。どこでまた、襲われるかわからないからだ。それにしても金牌を持ってからずっと誰かに襲われるのではないかという強迫観念にとらわれている。

　そして、羅針盤が指し示した7は、海図からスマトラ島だということがわかった。次の旅は、スマトラ島だ。

第八章
スマトラ島の悪魔の洞窟

1

家に戻って京子を呼ぶ。マルコ・ポーロがベネチアに帰国する前にスマトラ島に寄っていたのはもちろん知っていたが、次はどうしたら良いのか全くアイディアが浮かんでこない。京子としゃべりながらの方が何か浮かんでくるかなと思うし、京子からアイディアが出てくるかもしれないと思った。

家のチャイムが鳴った。京子がやってきた。玄関の扉を開けると、京子の顔が怒り気味だ。

「おかえり、健」

「ただいま。なんか不機嫌そうだね」

「だってメールしてもちゃんと返してくれないから」

「日本に帰るまでは監視されてるみたいで、説明するのが嫌だったんだよ」

「気にしすぎよ。でも元気で帰って来て良かった」

「心配かけたけど、成果はさっきメールでも返したようにあったよ」

「結局、赤の板を入れたら次の場所の位置を示したのよね」

「そうだ、次はスマトラ島だ」

「スマトラ島？　そんな場所、重要な拠点としてあったかしら」

僕は東方見聞録を書斎から持ってきた。１８１の箇所を出して京子に見せる。

「注釈に確かにスマトラ島って書いてあるわね」

「うん、この先のページの１８４にマルコ・ポーロは5カ月滞在したと書かれている。この間に信用できる人物と仲良くなり次の板を託したのではないかと考えているんだ」

京子は「ふーん」と言って、そのあとのスマトラについて書かれているところを一心不乱に読んでいる。

「何度も読んでみたけど、この島で特に仲良くなった人や信頼できる人は出てこないわね。実際の日誌はどうなの？　見てきたんでしょ」

「ああ、スマトラ島に関係する箇所を写して訳したのはこれだ」

手帳に書いたものを京子に見せる。ぶんどるように手帳をとり、また食い入るように見ている。

「健、これじゃない！」

　興奮気味に京子は手帳のある箇所を指している。ウラマーだ。イスラム教におけるウラマーはキリスト教のおける神父のような存在である。この頃、イスラムの寺院の建立がいくつかあり、そこにはウラマーがいたと書かれている。

「私ならウラマーに託すわ。もし5カ月の間にその人が信頼できると思ったのなら、誰に渡すよりも重要なものとして保管してくれる可能性が高いもん」

「そうかもしれないな」そう言うとネットでスマトラ島の寺院を調べてみる。

「京子、この時期に存在して今でもある寺院がいくつかある」

「行って会ってみる価値はあるんじゃない？」

「でも、スマトラ島のイスラム寺院に行って、自分はマルコ・ポーロの末裔でここにマルコが残した重要なものがあるのではないかと聞いても信じてもらえないだろ」

「それはそうね。言ってることが怪しすぎるし、仮にそういうものがあったとしても簡単に見せてもくれないわね」笑いをこらえるような顔の京子。

「そうなんだよ。胡散臭すぎるんだよ」

　そして、少し考えてから京子が言った。

「パパに相談してみるわ」

「……」

「反対？」

「いや、社会的に信用されている真おじさんのような人からアプローチしないと無理だなと思ってたところだよ」

「ならＯＫね」

「ああ、よろしく頼む」

「パパは喜んで、どうやってつなぐかを考えると思う」

「真おじさんしか次の突破口はないので、よろしく」と頭を下げる。

「何私に頭下げてるのよ。じゃ、早速家に帰ってパパに相談するね」

「京子、僕は北京の大学に戻るよ」

「そうね。かなり休んだわよね」

「うん。それじゃ、頼んだ」

「任せておいて」

そう言うと、そそくさと京子は帰っていった。

北京に戻る用意をしながら頭はスマトラ島に行っていた。もう少しスマトラ島や住んでいる人のことや歴史を調べておかないといけないな。ネットで調べて、必要な本は買っておこう。

2

北京に戻った。かなり時間が経った感じだ。キャンパスに戻っても、寮に戻っても、少し違った感じがする。もっと親近感があった場所だった気がしたのだが、少し距離があるような感覚だ。親友としばらく会ってなかったら距離をおかれたような。でも、クリスとロバートは、そんなことはなかった。何事もなかったように迎え入れてくれたし、すぐ溶け込んだ。

「ケン、ここに訪ねてきたやつがいた」

「誰？」

「雲南で会ったジェイと言えばわかるはずだと言ってた」

「ああ、話しただろ。暴漢に襲われた時に助けてくれた3人組がいたこと」

「やっぱりあの3人組の1人か」

「それで、ジェイがどうしてここに来たか言ってた？」

「ジェイの大学とうちの大学で共同研究をやることになって、しばらくこの大学にいるから挨拶に来たと言ってた」

「そうなんだ」

「連絡先をもらっているので、メールしておくよ」

「ありがとう」

ジェイもここに来ているのか。明日にでも連絡してみよう。

ジェイからはすぐ連絡が来て、大学の近くのバーで会うことにした。このバーはブリックスというのだが、イギリスかぶれのマスターが本場ロンドンのバーで気に入った店をまねて作った店で、スコッチウイスキーの種類が豊富だ。おすすめのつまみはフィッシュアンドチップス。

「ケン、大学辞めたのかと思ったよ」

「マスター、少し冒険に行っててね」

「そうか、若いうちは冒険した方がいいぞ」

「うん、これからもまだまだ冒険しにあちこち行くよ」とマスターに答えると、

「その冒険、一緒に行かせてくれよ」と後ろから聞き覚えのある声が聞こえてきた。

振り向くと笑顔でハグの形をすでにとっているジェイがいた。

「ジェイ、元気そうだな」

「ケンもな」

「まさか、僕の大学に来るなんてびっくりだ」

「運命だな。さっき話した冒険って、雲南の続きだろ」

「うん、そうなんだ」

「まずは再会を祝して乾杯しよう」

ジェイと何度も乾杯をして、どういう共同研究なのか聞いたが、認知工学でロボットなんかも研究しているそうだ。専門的過ぎてついていけない。お互い酔っぱらってくるとさっきの話にジェイが戻してきた。

「何かを探しているのか」

「まあね」

「仲間に入れてくれないかな。工学知識を活用して、役に立てると思うよ」

「まずは今度、仲間に紹介するよ」

「わかった、楽しみにしてるよ」

ジェイは寮ではなく、近くのアパートを借りているそうだ。その日は、それで別れた。

ジェイが毎日のように仲間に会わせろと言うので、クリスとロバートに会わせることにした。ブリックスでクリスとロバートを紹介する。ジェイは意外にも歴史にも詳しくクリスとロバートとも話があった。ジェイはカンフーもうまいので、その話でも盛り上がった。結構、みんな酔っぱらってきた頃、京子からメッセージが入った。丁度みんな揃っているし、ジェイもいるので、京子もビデオ通話にして、紹介する。1人だけ仲間外れと感じたからなのかわからないが、京子は機嫌が悪かった。ジェイにも最初は雲南で助けてくれたことのお礼を言っていたが、仲間に入りたい話をジェイがしつこくすると、京子の態度が友好的口調から詰問調に変わった。根掘り葉掘り訊いたため、ジェイが日本の漫画が好きなことや将来の夢としてインテリジェンスな介護ロボットを作りたいなどのことがわかったが、後半は酔っていて覚えていない。途中で、京子とはビデオ通話を切って、いつのまにか解散していた。

次の日、みんな二日酔いだったが、京子が会議をしたいと言ってきたので、4人でビデオ会議をした。会議の主題は、ジェイをチームに入れるか入れないかだ。僕、クリス、ロバートは、入れるのに賛成なのだが、京子は強く反対してきた。反対する明確な理由はあるのかを尋ねたが、話した感じでしかないが、そもそも本当に信用できるメンバーだけで調査を進めたいというのが京子の主張だった。京子は確かに勘がいいが、他の3人はジェイを気に入ったので、信用できると京子が思うまでは、すべてを話さずに限定的にメンバーに入れることでしぶしぶ京子を了承させた。ジェイにも試用期間だと伝えてそれでいいと言ったので、限定メンバーとして参加が決まった。

ジェイに改めてなんでメンバーに入りたいのか訊いてみた。

「伝説のマルコ・ポーロの足跡を調べるなんてワクワクするしね。歴史的な大発見だし」

「そうなんだよ。マルコ・ポーロのことはよくわかってないし、不自然なくらい公式文書に出てこないんだ」

「ケンは、なんでそんなにマルコ・ポーロにこだわるのか？　やっぱり歴史的な発見をして有名になりたいとか、億万長者になりたいとか」

「どちらも興味ないな。遺跡を見つけて、そこに金銀財宝があったとしても、それは僕らのものじゃない。発見して、世界に名前を轟《とどろ》かせたいわけでもない。父の遺志を継いで、見つけたということが一番僕にとって価値のあることなんだ」

「凡人の俺にはよくわからないな」と笑顔で頭を振るジェイ。

3

それから2週間が経った日、京子からメッセージが来た。

「健、今週、パパが話をしたいって」

「今週、大丈夫だよ。真おじさんの都合の良い日時を教えて」

「そう、夜でも大丈夫？」

「大丈夫だよ」

「昼間は忙しいと思うので」

「わかった」

ビデオ会議はいつも僕らの部屋でやるのだが、クリスもロバートもいて狭いので、寮にある会議室を借りた。京子がビデオ会議をつなげてくる。

「健、パパがお待ちかねよ」

「遅刻したかな」

「ううん、大丈夫だけど、1時間前から、そわそわしてた」

「そうか……」

タブレットを持って、京子がリビングに行くと真おじさんが座っている。

「健君、しばらくぶりだね。元気かな」

「ご無沙汰してます。元気でやってます」

「それは良かった」

真おじさんは懐かしい友達に会うような顔で話してくれる。

「北京はどうだい」

「変わりないです。そのあと、スマトラはどうですか?」

「うん、私の会社も急成長しているインドネシアにも進出していて、政府の高官やインドネシアの歴史を研究している先生などと会って調べている」

「それで何かわかりましたか?」

「はっきりしたことはわかってないが、マルコ・ポーロが来たことは、現地のいくつかの文献からもわかった」

「もし自分がマルコだったら大事なものを誰に託すかをここ数日考えました」

　この話をした瞬間、真おじさんは身を乗り出してきた。

「それでどう考えたんだ」

「ひとつはその当時の権力者です。ただ、これは危険です。権力者が取って代わることや貴重なものであれば誰もが自分のものにしたくなるからです。私欲もなく預かってくれるとすれば神父や高僧なのかなと思いました。マルコの日誌にも仏教僧やイスラムのウラマーのことが少し出て来ます」

「なるほど、それはあるかもしれないな。さすがの推理だ。現在はスマトラ島を含めインドネシアはイスラム教が主流なのだが、丁度マルコ・ポーロが訪れた時期あたりからイスラム教が普及している。それ以前は仏教やヒンドゥー教が主流だった」

「そのあたりを徹底的に調べることはできますか？」

「わかった。やってみよう」

「ありがとうございます。それからお願いなのですが、現地の方に話をする時に京子からお聞きしていると思いますが、私が持っている牌子や金属板のことは話さないでください」

と頭を下げると、間髪を入れず真おじさんが言った。

「わかってるよ。その二つを持っていることを言うことは危険にさらされるかもしれないからだね」

「何から何まで理解していただき感謝してます」と言って真おじさんの横を見ると、京子がにやにやしている。

「なんだよ、京子」

「だって2人とも本当に楽しそうにしゃべっているから。なんかほほえましくて」

「健君がここにいたら、一緒に酒を飲みたいよ」

「そうですね。今度、東京に行ったら是非」

「その時は、とことん飲もう」

「はい」


それから3週間ほど経っても報告がない。さすがの真おじさんでも700年以上も前のマルコの足跡をたどるのは不可能なのかもしれないと思い始めた頃、携帯に知らない番号から電話がかかってきた。

「もしもし、どなたですか？」

「健君、私だ、京子の父だ」

「京子のお父さん？　真おじさんですね」予想もしてない人からの電話で、一瞬、戸惑った。真おじさんの声は上ずっていた。

「わかったぞ、マルコとつながるかもしれない」

「本当ですか?」

「早速だが、健君の推理が当たっていたよ。マルコが当時、信頼してた僧がいたことがわかった。その線からたどれるようだが、重要なことはなかなか話してくれないようだ」

「僕がスマトラに行って、直接会って話したいです」

「それが一番いいと私も思うよ」

「ありがとうございます。早速、スマトラに行く準備を始めます」

「健君が行く前提で現地も調整しておくから、じっくり準備をしておきなさい」

「ありがとうございます」

「京子も頼むよ。絶対に一緒に行くというだろうから」

「そうですね。私としては反対ですが、真おじさんもOKだということなら仕方ないです」

「すまないね」


真おじさんと話を終えて、クリスとロバートに報告しようと思って部屋に戻る。

「京子のお父さんから連絡があって、マルコとつながる可能性がある僧がわかったので、そこからたどろうと思う」

「スマトラに行くんだろ?」

「うん、行くよ」

「ロバート、俺たちも一緒に行くよな」

「行く！」力強いロバートの声だ。

「飛行機代とかホテル代とか大丈夫かい？」

「クリスのスマホアプリの特許が勝手に稼いでくれているから問題ないね」

「さすが、クリス」

クリスの手が、妙に汚れているのが気になった。

「2人が一緒なのは、心強い。ところで、クリスの手汚れてるな」

「鉄工所のバイトでさ。油とかなかなか落ちなくて」

「えっ、クリスが鉄工所でバイト？　ＩＴ会社じゃなくて」

「鉄工所で溶接やいろんな鉄工加工技術を教わってるんだ」

「なんのため？」と自分がクリスに訊くとロバートがいきなり吹きだした。

「ロバート、どうした……」

「クリスはスパイ兵器を作るんだそうだ」

「どういうこと？」

「ここで取得した技術と自分の持っているＩＴ技術を融合すると情報機器が作れるわけなんだ」とクリスがドヤ顔で言う。

「へー、そんなことやってるんだ」

「ケンが007ならクリスはQだってさ」と笑顔のロバート。

「ははは……」

「まあそのうちケンも恩恵を受ける日が来るよ」と自信満々のクリス。

そう言われてもピンとは来なかったが、その日がすぐ来るとは思ってもみなかった。

4

スマトラ島は、インド洋と南シナ海を隔てる世界で6番目に大きい島である。気候は高温多雨であり、全島の半分以上が森林に覆われている。昔から東西交通の要衝《ようしょう》だった。マルコ・ポーロは1292年に島の北端にあった東南アジア初のイスラム国家であるサムドラ・パサイ王国に立ち寄ったことがわかっている。言葉はインドネシア語だ。インドネシア語はタイ語などの他の東南アジア系の言葉に比べるとアルファベット表記に近いためわかりやすい。

準備は整った。いよいよスマトラ島にみんなで行く。ジェイを連れて行くか行かないかでもめたが、結局、押し切った形でジェイも連れて行くことになった。京子とは、現地で合流だ。向かう先は、スマトラ島最大都市メダン。メダンは人口200万人を超えるインドネシアで5番目に大きい都市である。

メダンのクアラナム国際空港は比較的最近できた空港だ。到着すると東南アジア独特のべたべたした暑さがやってきた。到着ロビーに出てくると、

「健、お疲れ！」と元気のいい京子の声が飛んできた。クリスとロバートにも手を振っている。2人も手を振り返した。京子が座っている椅子のところに行く。ジェイが京子に
「はじめましてジェイです。よろしく」と様子を窺うように挨拶する。

「どうも京子です。よろしく」と軽くジャブを入れた感じだ。

「ずいぶん待った？」と訊くと、「30分くらいかな」と京子が応える。

「そっか、ここに現地を案内してくれる方がもうすぐ来るはずなんだ」

自分たちの名前を書いた紙を持った人が待っている段取りをしたと真おじさんは言っていたが、ここは日本じゃない。そんなに正確に時間を守ると思っているとストレスもたまるし、行動を間違える可能性が高い。そのため時間は日本にいる時よりは余裕を持たせておかないといけない。しばらく5人で話していると、走ってくる足音が聞こえる。その方向を向くとB4用紙にKEN&KYOKOと書いた紙を持った30歳くらいの男が走ってきた。

「ケンさんとキョウコさんですね」

「そうです。あなたは、アリーさんですか？」

「はい、アリーです。よろしくお願いします」

アリーは、鼻の下に立派な髭を生やしていて、身長は170cmくらいで痩せている。流暢な日本語をしゃべる。

「アリーさん、こちらは私の中国の友人のクリスとロバートとジェイです」と紹介する。3人はアリーに会釈する。

「みなさん、ハングリーでしょ。何か食べに行きましょう」と言って空港の駐車場にある車へ誘導する。8人乗りのワゴンに乗って空港を出るとすぐに亜熱帯植物が目に飛び込んでくる。やはりここは赤道直下の場所だ。しばらく走って高速を降りて地元のレストランと思えるような店に入る。東南アジアというより中華風な店だなと思ったらメニューも中華料理が多い。そう思っているところにアリーが料理の写真が載ったメニューの説明をし始めた。

「メダン料理としてのおすすめは、このバタック料理です」と魚の煮つけのような料理を指さす。「これは、鯉を煮つけた料理で上にピリ辛のあんがかかっている料理です。地元の人は大好きな料理でしょっちゅう食べます。他には中華料理もみんな好きでよく食べますよ」

「じゃ、バタック料理で」とクリスが言うと、ロバートも京子もジェイもそれをくださいと言う。僕は焼き魚ならまだ食べるが、蒸し魚は苦手だ。特に鯉は泥臭さと小骨が多いイメージがあり、食べる気がしない。他のメニューには好物の海南チキンライスがあるではないか。迷わず「僕はチキンライスでお願いします」と答えると、京子が「協調性ないんだから」と手で脇を突っついてくる。

「別に協調したくなくてチキンライスにしたんじゃないよ」とむきになって言うと、

「ここのチキンライスは凄く美味しいです」とアリーがフォローしてくれた。

しばらくして料理が出て来て、一口京子からバタック料理をもらったが、思ったより辛くなくあっさりとした白身魚の煮つけ料理だった。やはり注文したチキンライスの方が北京でもよく食べたのと同じように美味しくて1人悦に入っていた。

「今日はここからメダン市内にあるホテルに行きます。明日は、スマトラ島でも有名なイスラム寺院と仏教寺院に行ってマルコ・ポーロについて話し合うことになってますので、今日はホテルでゆっくりしてください」

旅の疲れもあったのか、じめっとした暑さにやられたのか、ホテルに着くと眠気が襲ってきてすぐに寝てしまった。

早く寝たため朝早く起きたので、ホテルやホテル周辺を散策してみようと思って部屋を出る。ホテルは欧米スタイルなのだが、調度類は中華っぽく華僑の国にある高級ホテルという感じだ。ホテルの外に出てみるとオランダ領の名残なのかモダンな白い建物もあるが、スクーターが多い。車も多いし、道は何車線あるのかよくわからない感じだ。なぜなら道に空いてるスペースがあればそこにバイクやスクーター、小型車がどんどん入って来て隣にぶつかりそうになりながら走っているからだ。中には赤ん坊を抱いた母親がスクーターの後ろにも子供2人乗せて4人乗りで激走している。そんな逞しい母親だけでなく、車のクラクションやスクーターのエンジン音などの雑音からもこの国の生命力を感じてしまう。このエネルギーが経済成長の原動力ではないかと思う。朝早いが、すでに日差しは強く、このエネルギーに負けてか街を歩くのが好きなのに15分程度でホテルに引き返した。

5

午前は昨日のアリーの話の通り、ウラマーに会いに行く。ホテルから30分もしないうちに着いたのは、モスクではなくホテルだった。少し拍子抜けした感じだが、観光に来たのではなく、会いたい人物に会えれば良いのだからと思い直しホテルの会議室に入る。自分も緊張しているが、他のメンバーも緊張しているのだろう。車の中とは違って、誰も口を開かない。

しばらくすると会議室の扉が開き、アリーと一緒に白いターバンを巻いた人が入ってくる。この方が、ウラマーのようだ。口ひげやあごひげも立派でまさにテレビにでも出てくる有名人のような風貌である。ウラマーの他に3人の付き添いなのか、ガードマンなのかわからないが、やはりターバンを巻いている方がいる。椅子に座ると、アリーが紹介を始めた。それによると、インドネシア共和国のウラマーの中でも地位が高く歴史にも詳しい方だそうだ。名前はムハンマドというそうだが、そもそもインドネシアの人の名前でムハンマドは多い。自分のことも紹介してくれたそうだ。インドネシア語は全くわからないので、どんな紹介の仕方をされたかはわからない。

突然、ムハンマドさんが英語で僕に向かって話し出した。

「君がマルコ・ポーロの子孫だという証しを見せてほしい」

僕はこのムハンマドという人の目をじっと見た。目の動きに落ち着きがない。

「あなたはマルコ・ポーロがここに来た時のことを資料か何かで知っていらっしゃるのですか?」

「そうだ。我々の組織に何百年と伝わる話があるのだ」

「それはどんな話でしょうか?」

「それを話すには、あなたがマルコの子孫だという証しを見せてくれないとできない」

「証しとはなんですか?　何を見せろというのでしょうか?」

「それはわからないが、子孫というからには何か持っているはずだ」

どうもこの人の話は信用できない。もちろん、ホテルには黄金牌子と赤い板を持ってきている。でも、その話をすることさえも拒絶している自分がいる。

「残念ですが、おっしゃっているような証しは持っていないので、お見せできません」と言うとムハンマド氏の表情が変わって焦りのようなものを感じた。

「私のことを信用してないようだが、マルコは1292年にこの島に来て、丁度その頃、イスラム教が普及し始めた。まさに運命的な出会いであったのだ。マルコの力もあったのだろう。この地はイスラム教がそれからどんどん普及し、栄える国となったのだ。そのイスラム教の組織の中でも歴史や法律に詳しいことで私は有名なのである。それはアリーに訊いてもらえばわかることだ」

「ムハンマド先生がおっしゃる通りだよ、ケン。普通はお会いできない高貴な方なのだ」

「お会いいただいてありがとうございます。さきほどマルコの力もあったかもという話がありましたが、具体的に何かをしたとか、贈り物をしたとかあるのでしょうか？」

　ムハンマド氏は戸惑った顔になり、少し考えてから再び話し出した。

「それはマルコの子孫だとわからないと話ができないのだ」

　これは時間をかけても何も出てこないと感じた。話している雰囲気でも自信がなさそうだし、だんだん早口になっている。嘘を言っている時に表れる心理状態だ。

「すみません。さきほども話しましたが、証しは持ってません」ときっぱり言って頭を下げると、ムハンマド氏とアリーが顔を見合わせた。

「それではお忙しい方なので、ムハンマドさんは失礼する」とアリーが言うとムハンマド氏は立ち上がり、側近3人とそれを見送る形でアリーも部屋を出て行った。しばらくして口火を切ったのは、クリスだった。

「お見事、ケン。あの人は信用できない」

「ああ、どう見ても高貴なウラマーの人とは思えなかった」

「本当ね。名前もムハンマドって、ホテルの従業員の名札もムハンマドという名前ばかりだったわ」と京子は思い出しながら言う。

「京子、でもインドネシアは苗字がないし、ムハンマドは人気の名前だからおかしくはないんだ」

「へー、健、よく知ってるね。そんなこと」

「ああ、来る前に色々調べたからね」

「アリーも怪しい。ケン、気をつけないといけないよ」とロバートが険しい顔で話す。

「うん、気をつけるよ」

その時、アリーが部屋に戻って来た。

「みなさん、どうも実のあるミーティングにはなりませんでしたね。ケンさん、証しは本当に持ってないのですか?」

「アリーさん、証しとはどんな物かイメージありますか?」

「いいえ、私はわかりませんが、次に会う人も聞いてくると思いますよ」

「そうかもしれませんが……次の方のところへお願いします」

「わかりました。昼食を食べてから、次の仏教僧に会いに行きましょう」

昼食は何故かインド料理だったが、丸テーブルで、その形は中華と同じで、不思議な感じがした。さきほどのミーティングは何もなかったように冗談を言いながら楽しく食べた。

6

午後に向かったのは、大きな邸宅だ。高い壁に囲まれた立派な家で、大きな部屋に通されたが落ち着けない。

しばらくすると袈裟を着たスキンヘッドの方が現れた。見た感じは僧に見える。アリーが僕たちに紹介する。

「みなさん、仏教僧のアグンさんです」

「こんにちは」とみんな挨拶する。アリーがアグンに健たちを紹介しているようだ。

ここでクリスが話し始めた。

「アグンさん、ここはイスラム教が主流ですが、どこの場所で僧をされているのですか?」

「いい質問ですね。確かに90%近い人がイスラム教ですが、仏教徒も少しはいるのです。ここでは寺に属してはいませんが、カンボジアのお寺に属しながらここで布教してます」

「なるほど、カンボジアの寺なのですね。そのお寺にはよく行かれるのですか？」とクリスが引き続き質問する。

「ええ、行きますよ」

「このスマトラ島から昔の僧の方もイスラム教が多くなり、どこかの地へ移ったのでしょうか？」と僕も訊いてみる。

「そうですね。多くの僧がこの地を離れました。マルコの会った僧は、私のお寺に移ったのです」

「なぜ、そんなことがわかるのですか？　７００年以上も前の話ですよ」

「重要な事柄については、日誌のようなものに書かれて残り、伝承されていくのです。仏陀の教えが現代でも残っているように」

「そうなんですね。そんな昔の話が残っているのですね」

「ケンさん、ところであなたがマルコの末裔ということはどうやってわかったのですか？」

「ベネチアのポーロ家で私の父が証明してみせたのです」

「どうやって証明されたのですか？　何かを持っていたとか」

「伝承されてきた事柄と父に伝わってきたものが一致したということです。そしてポーロ家がそれを認めてくれたということですね」

「そうなんですね。ここまで来たのはどうしてですか？」

「マルコが過ごした場所をたどっているのです。マルコが来たということが書かれている物はカンボジアのお寺にあるのでしょうか？」

「そうですね。私も見たことはないですが、あります」

「カンボジアのお寺に伺いたいです」

「お見せすることはできませんよ」

「それでもいいです。行きたいです」

「わかりました。それでは次はカンボジアでお会いしましょう」

そして、僕らはこの邸宅をあとにした。帰るバスの中で、みんなと話したいことは沢山あったが、アリーが気になり、ホテルに帰ってから話そうと思った。カンボジアに行けば光が見える気がしたのは何故だろう。何かわからないが確信のようなものがあった。

ホテルに戻ると何も言ってないのに京子、クリスそしてロバートが僕の部屋に来た。

「健、どう思った？」と京子が口火を切った。

「あの僧は何かを知ってると思った」

「でも、あんな邸宅に住んでいる僧なんて信じられないよ」とクリス。

「同感」とロバートも同調する。

「わかってる。でも、カンボジアのお寺に行けば何かをつかめるかもしれない」

「健が、そう感じたんだったら行くしかないわね」

「京子ありがとう。みんな、ついてきてくれるかい?」

「もちろん」、「ああ」と全員うなずいてくれた。

「カンボジアには世界遺産のアンコールワットがあるし、スマトラ島とは違い仏教が盛んな国なんだ」

「ふーん、健って、仏教にも詳しかったっけ?」

「いや、ここに来る前に東南アジアの宗教について調べたんだ」

心は決まったし、すでに高揚感がある。いざ、カンボジアへ。

アリーから、すぐに連絡が来た。カンボジアのアンコールワットがあるシェムリアップのお寺に来てほしいとのことだった。アリーには、来なくても大丈夫と言ったが、アリーがここでもアテンドしてくれるそうだ。無理やり断るのもおかしいので、仕方なく従うことにした。

7

シェムリアップに到着する。小型の飛行機だったためかなり揺れた。京子はかなり怖かったみたいでぐったりしている。ロバートは感情を表に出さないからよくわからない。クリスは一番元気で明るい。ジェイは淡々としている。

「ここが世界遺産の街か」と京子がつぶやく。

「スマトラ島も熱帯雨林遺産として登録されてますよ」とアリー。

空港を出て市街に向かうが、外国の有名なホテルがたくさんある。やはり観光地なんだと感じる。インドネシア語と違いカンボジア語は全く読めない。タイやベトナムと似ているが違うそうだ。カンボジアは、タイとベトナムに挟まれた国で両国に対してかなりのライバル心を持っているし、大昔から両国とは戦争を繰り返してきた。

ホテルに行く道に世界遺産のアンコールワットがあるアンコール遺跡に入るゲートが見える。アンコールワットは12世紀に建立されたヒンドゥー教の寺院で、16世紀に仏教寺院に改修された。森の中にある寺院で、境内は外周、東西1，500m、南北1，300m、幅190mの濠で囲まれている巨大な遺跡だ。これだけ巨大な遺跡も一時期忘れ去られ16世紀に再発見されたそうだ。ジパングもどこかにあっても不思議ではない気がしてきた。

ホテルは、まさにリゾートホテルだ。綺麗なプールがあり、SPAもある。京子が早速、安くて良さそうなので、SPAに行くと言って出かけてしまった。こういうところはやっぱり女の子だなと思う。

次の日、アリーが来て、僕らをアグンのいるお寺に連れて行く。特別大きくないが、歴史のあるお寺だと感じた。お寺の一角にある会議室のような場所に連れて行かれるとアグンが待っていた。

「ようこそ、カンボジアへ」とアグン。

「こんにちは」と答える。

「アグンさんは本当にこちらで僧をしているんですね」とクリス。

「疑ってたのですか？」

「いえ、そういうわけではないですが……すみません」

「ここにマルコが来た時のことを書いた書物があるとおっしゃってましたが、どういう方がそれを見ることができるのでしょうか？」と僕が訊いた、

「ここまで来て申し訳ありませんが、それは私くらいの僧では答えられません。ただし、あなたがマルコの末裔ということが事実ならあなたにお伝えすることはあります」

「それはどうすればいいのですか？」

「証しになるものを見せてほしいのです」

「でも、もし僕が何か証しになるものを持っていたとしても、それが証だということがわかるのでしょうか？」

「それは見せていただかないと何とも言えません」

これは無意味なやりとりに感じた。彼と話していても何もわからないし、僕が持っている赤い板を見せる気にもならない。しばらく沈黙が続いた。この重い空気を破ったのはロバートだった。

「せっかくお寺に来たので、見学したいです」

「いいでしょう」と言うと立ち上がりお寺を回ることになった。回っている間に、何人かの僧とすれ違った。その中の1人の老齢の僧と目が合った。高貴な方らしい。その方の持っている雰囲気や周りの僧の気の配り方で伝わってくるものがある。一通り回って、この日はアグンと別れた。

ホテルに戻り、プールサイドでみんなと話している時、ある程度、予想してたことだが、お布施を払えば何かを伝えるとアリーから携帯電話に打診がきた。

「そんなのインチキに決まってる」と怒りながら京子が言う。

「話にならない。誰が見てもあいつら偽者だよ。まさか、ケン、金なんか払わないよな」

とクリスも腹を立てている。

「ああ、払うつもりはない。でも、あのお寺には惹かれるものがあるんだ」

「そうなのね。どんなところが？」

「寺というか……途中で何人か僧に会っただろう。その中に引きつけられた方がいたんだ」

そんな話をしている最中にプールへホテルスタッフが電話を持ってやってきた。

「リュウジン・ケンさん、いますか？　電話がかかってきてます」

スタッフに手をあげて、電話を受け取る。誰だろう。

「リュウジン・ケンさんですか？　私は今日来ていただいたお寺の僧です」

「僕が健ですが、なんでしょうか？」

「うちのヒアという僧があなたにお会いしたいと言ってまして、明日またお越しいただけませんか？」

そう言われた瞬間、目が合った僧をイメージして、どきどきしてきた。

「ヒアさんという僧は、高齢の方ではありませんか？」

「はい、そうです。非常に徳の高い方です」

「わかりました。明日伺います」

「それで申し訳ありませんが、あなただけ来てほしいのと朝から一日お時間いただきたいとのことをお伝えするように言われてます」

「わかりました。私1人で伺います」

電話を切ると、みんな真剣な顔で僕の顔を見ている。

「誰？」と京子が真っ先に訊いてくる。

「凄いぞ！　今、話してた気になった僧の方が明日会いたいと言ってくれた」

「それは凄いね。ケンが言っているその人に会いたいよ」とジェイ。

「ジェイ、悪いが1人で来てほしいそうだ。それから朝から一日時間が欲しいそうだ」

「それはどういうこと？　1人で大丈夫？」と心配そうな京子に「大丈夫だよ」と答える。

「目が合った高貴な僧とすでにつながっている。これは何かが起きる」とクリス。

「僕もそう思ってる」

次の日が待ち遠しくてたまらなくなった。止まっていた時計が大きく動く予感がした。

8

朝、ホテルからバイクのタクシーでお寺に向かった。かなり迷ったが、懐に赤い板を入れた。ここで持っていかないと駄目だという気持ちが、失くしたらという慎重な自分を押し切った。まだ、薄暗い境内にバイクが到着すると、入口であの僧が1人で立っているではないか。その光景を目にして僕は感動した。他の僧と一緒に歩いていた姿よりも凛として立っているように見えた。僕から自然と大きな声で覚えたてのカンボジア語で「おはようございます」と言うと、

「おはようございます。英語でどうぞ」と落ち着いた声が返ってきた。

「健です」と言って深々と頭をさげると、「ヒアです」と静かに答え、寺の中へ誘導される。寺の奥へ進むと大きな仏像がある部屋に出た。そこに座布団があり、そこに座れと促される。正座が苦手で逡巡していると胡坐で良いとジェスチャーで示してくれる。良かったと思いながら、胡坐で座禅をする。大きな仏像の前でヒア僧と向かい合っている形だ。座るとすぐにまっすぐ僕を見てくる。僕も目をそらさないようにまっすぐ見返す。その目は決

して険しくない。温和で人を包み込むような目だ。上ずっていた気持ちが落ちついてくる。水の中でかき混ぜた泥が静かに沈殿して水が澄んでくるように、僕の心も穏やかになっていく。そうやって見つめ合って、どのくらい時間が過ぎたのか、2人の若い僧が食事を持ってやってきた。膳にご飯と野菜と汁物が小さい器に盛られている。いわゆる精進料理だ。ヒア僧と同じペースで同じものをいただく。会話がなくてもこんなに穏やかにおいしくいただけるんだなと思う。ゆっくりこうして食事をしていることが不思議だが、心地いい。食事が終わるとしばらくの間は、また座禅を行い、心を落ち着かせる。

どのくらい時間が経ったかはわからないが、促されて庭に出て、置いてある箒を使い落ち葉を一箇所に集める。なんでもないことだが、すべて新鮮に感じてしまう。そしてヒア僧はなんと言っても、所作が美しい。食事をしている時も感じたが、箒を掃いていても所作が美しく気を付けないと見入ってしまう。箒がけが終わると、その庭を見るように2人並んで縁側に座る。横顔をちらっと見ると目をつぶって座禅をしている。自分も真似てみる。時間が経つとヒア僧の気配が消えた。まるで自然の一部になったかのように。気が付くと僕も自然に溶けこんでいくような感覚になっている。一瞬、溶け込めたような気になる。寝てしまったのではと思って我に返る。目を開けると、掃いて綺麗になった庭が見える。そして、夕日が庭にある池の水面を照らし、反射している。いつのまに、こんなに時間が過ぎたのだろうか。いつもよりゆったりとした時間を過ごしてきたはずなのに。この時間や空間がずっと続いてほしいと思ってしまう。ずっと話さなかったヒア僧が「あなたは、まっすぐな方ですね。そして人を敬い協調する心と強い意志も併せ持つお方だ」と言った。

「お見せしたいものがあります」と僕は言って、懐から赤い金の板を取り出した。それを見たヒア僧は初めて驚いた表情を見せて「それは、マルコの……」と言って絶句した。

「やはり知ってらっしゃったのですね」

「伝承されているものと形状が同じなのです」とヒア僧は落ち着きを取り戻し話している。

「やはり記載された資料があるのですね」

「青い金の板を預かったとあります」

「青い金⁉」今度は僕が動揺して大きな声を出していた。

「そうです。大きさや形状が一緒です。赤と青の違いはありますが」

「ここにあるのですか？」

「いえ、ここにはありません」

「どこにあるのですか？」

「マルコ・ポーロは、多くの人を不幸にするものだから捨てたい気持ちもあるが、迷っていると言って渡されたそうです。そして、預かった寺でも不幸な事件が起きて、その青い金の板は、誰も近づけない場所に最高位の僧によって封印されました」

「それはどこなのですか？」

「あなたになら託してもいいのかもしれませんね。でも、大きな覚悟がいります。身近に不幸な人が出るかもしれません。あなた自身、命を落とすかもしれません」

「これも自分の運命だと思っています。その流れに身をゆだねてここまで来て、あなたにお会いできました。その流れに今後も乗っていくだけです」

そう言った僕の目をヒア僧はじっと見つめている。さきほどのまなざしよりは強い力で――。

「わかりました。青い金の板はスマトラ島の悪魔の洞窟と言われている場所にあります。ここは何百年も人が近づいていない場所です」

「悪魔の洞窟？」

「スマトラ島に行けばすぐわかります」

「ありがとうございました」と僕は深々と頭を下げた。

ヒア僧も立ち上がり僕を寺の外まで送ってくれる。僕は深々と頭を下げると、いつの間にかバイクが来ていて、それに乗ってホテルに戻った。帰る時に、こういう時間を以前過ごしたことがあるなと感じた。誰と過ごした時だろうか――そうだ張先生だ。

ホテルに戻り、みんなに今日の出来事を話した。一緒に過ごした時間と空間については、うまく説明もできなかったし、理解できなかったとは思うが、大きな収穫を得たことだけは、しっかりと共有できた。スマトラ島に取って返して悪魔の洞窟について調べないといけない。

9

スマトラ島の以前泊まったメダンにあるホテルに戻り、フロントに設置してある観光客相手のコンシェルジュに観光客を装って悪魔の洞窟を聞いてみることにした。

「すみません、悪魔の洞窟というところがあるって聞いたんですが、どうやったら行けますか？」と京子が訊く。

「悪魔の洞窟！　あそこは観光地じゃありません。絶対に行ってはいけません」と厳しい口調で言われた。

「どうしてですか？　幽霊でも出るんですか？」ととぼけて京子が続ける。

「実際に何人も死んでいるんです。それは悪霊のたたりという人もいますが、違います。絶対に近づかないでください」

「どういうことですか？」と京子が食い下がると、

「その洞窟は縦に長く沢山のワニとニシキヘビが棲んでいるのです。その洞窟の近くの川では毎年、ニシキヘビやワニによって死傷者があとを絶ちません。洞窟の近くでさえそんな状況で、大昔から洞窟の中に入ったら戻って来られないと言われてます。食べられて死んでしまうからです」

「1人も戻ってきたことがないのですか？」

「500年前に高貴なお坊さんが洞窟に入って戻って来たという伝説があるだけで、それも私は作り話だと思っています」

このお坊さんは、ヒア僧が話していたお坊さんに違いないと思った。

そのあとの調査でこの悪魔の洞窟は、バンダハラ山の麓にあることがわかった。この洞窟のことも調べる必要があるが、ワニやニシキヘビとも対峙しないといけないので、ワニとニシキヘビのことも調べなければならなくなった。この洞窟に入ることは命がけであり、どうやって洞窟の中に入るのか、そして出るのか、ワニとニシキヘビ対策をどうするのかなど、解決しなければならないことは、山ほどある。ヒア僧にも言われた〝身近に不幸な人が出るかもしれない〟という重い言葉は脳裏に刻まれているし、もしそんなことになったら一生後悔するので、慎重に慎重を重ねて洞窟への突入を実行しないといけない。

2日間自分なりに調べてみんなを部屋に呼んだ。どうやって実行するかをみんなで話し合いたかったからだ。

「健、どうするの？」と京子は少しナーバスになっているようだ。

「2日間色々考えてどう実行するのが良いのかそろそろみんなの意見も聞きたいなと思ってね。悪魔の洞窟に行くのは慎重にやらないとならない。これはメンバー全員の命がかかっているから」

「わかってるわよ。ワニやニシキヘビが、うじょうじょいる洞窟に突入するなんて想像しただけで嫌になるわ……嫌というか、怖いというのが正確かな」

「まずは洞窟の中がわからないと始まらないので、洞窟の形状、そして一番重要なワニとニシキヘビの生息状況の把握をしないと先に進めない」

「そうだろ。でも2日間で、もう道具を作っちゃったよ」とどや顔のクリス。

「えっ」と驚くと、ロバートとジェイが爆笑した。「クリスが予想した通りのケンの顔だ」

「ジェイと一緒に高性能の赤外線カメラと超音波センサーを搭載した小型で音が小さいドローンを洞窟探査のために作ったんだよ。ジェイはＡＩでどの位置から見やすいかを機械自ら判断して映せる機能をつけたんだ。いやー参ったよ」

「凄い！　これで洞窟の形状もワニやニシキヘビの生息の状況も把握できる」

これは本当に凄い。コンピュータやネットワークに強く、鉄工所でバイトまでしたクリスが、ジェイと組んで、さらに僕の想像を超えるようなモノまで作れるようになっていた。クリスが言ってたように自分が００７のＱみたいな存在を手に入れた感覚になった。これからどんなスパイグッズが出て来るのか楽しみだ。

「それで、次は？」と冷静な京子。いつもはイケイケな感じなのだが、さすがに生死がかかることとなので慎重だ。

「それがわかったら次はワニとニシキヘビと対峙しながらどうやって奥にある目標物まで行くかだ。これが一番難しい課題だ。そのためにワニやニシキヘビの習性を熟知していて捕獲などの経験もある人物を仲間に入れる必要がある。そういう人を探さないといけない」

「それは難問だな。悪魔の洞窟に行く話をするには、なぜ行くのか目的を言わないとならないし、報酬はどうなのかという話になる」さっきまでの笑顔が消え、クリスがため息をついた。

「ここにはワニやニシキヘビを捕獲する猟師や猛獣使いと言われている人たちが沢山いる。そういう人たちに目的は言わずどんどん会って慎重に誰を仲間に入れるかを決めたい」

「難しいが、そういう人がチームにいないと無理だな」

「クリスの言う通りだが、とりあえず作ってくれたドローンで洞窟調査を始めよう」

「わかった。明日からやろうぜ。ケンとキョウコは、メンバー探しをやってくれ。俺とロバートとジェイは、洞窟調査を担当するよ」

「了解。そのチーム分けで進もう」

10

次の日、クリスとロバートとジェイは、洞窟調査に出かけた。このホテルから洞窟までは車で片道3時間くらいかかる。調査が終わるまで毎日、移動に時間をかけるのはもったいないので、洞窟近くのホテルに泊まって調査をするそうだ。

僕と京子は、ホテルのスタッフから通訳と自然や動物保護活動をしている団体の代表を紹介してもらうことになった。ここから足がかりが作れるのではないかと期待した。能力的にはアリーに頼むと通訳やいろんな手配も楽なのだが、信用できないため独自で進めるしかないなという結論に達していた。

次の日に早速、自然・動物保護団体の代表に会った。50歳くらいの温厚なおじさんだ。彼はすぐにワニやニシキヘビを捕獲するレスキュー団体の代表を紹介してくれた。スーという代表の方はすぐにやってきた。スーさんは威圧的で体もたくましい。年は50歳くらいか。僕と京子は、日本の記者で、ワニやニシキヘビの被害とそれと戦っている方に焦点をあてた取材をしているという嘘をついて、色々な方に会いたいと説明した。スーさんは、快諾してくれて、どんどん紹介してくれることになった。通訳の人はにやにやしていたが……。

この日からレスキュー隊員の人に話をどんどん聞いた。道具も色々あることがわかった。罠と一緒に生け捕りをする檻《おり》、銛《もり》や麻酔銃、命の危険が差し迫っている場合に使うマシンガンなど多種多様だ。どの方も命がけで戦っている話で迫力があり、聞いているだけで手に汗握る。2、3人続けて話を聞くと結構きつい。京子は1日目にしてグロッキーぎみだ。

3日目だった。この日のトップに来たジョンは、とても若く自分たちと年が変わらない。ただワニについて話す時は急に激しい口調になるので、少し驚いた。彼はロッククライミングをやっていて、素手で険しい岩山でも登っていくらしい。身体能力が高く上から罠をかけたり、銛を投げたりできるようだ。京子も彼はいいんじゃないかと意見が一致したため、次の日も時間を作ってもらってホテルの部屋にきてもらいじっくり話すことにした。

「どうしてレスキューをやっているんですか?」

「毎年多くの人が死んでます。それをできるだけ未然に防ぎたいし、SOSが出れば助けたいからです」

「普段は何をしているのですか?」

「大学生です」

「えっ、履歴書には書いてないですね」

「意味があると思わなかったので、書かなかったのです」

「レスキューをやっている時のポリシーみたいなものはありますか?」

「とにかく命を助けたい。可能なら人食いワニや蛇なんて自分で全部殺したい」

いきなり激しい感情をぶつけられて、僕も京子も黙ってしまった。それを察知したのだろう、ジョンの表情が少し穏やかになり、ぽつりぽつり話をはじめた。

「ワニに母を殺されたのです。5年前です」ジョンは沈痛な顔になり、僕も京子もどう言葉をかければいいのかわからなかった。

「それがレスキューに入った動機です」

「それでワニに対して激しい感情を持ってるんですね」

「この島では毎年沢山の人がワニやニシキヘビの犠牲になってます。もちろん、彼らも生きるためですが、ですから同じ動物として、殺《や》るか殺られるかという覚悟でいます」

「悪魔の洞窟はご存じですね」

「悪魔の洞窟⁉　そこから出てきたワニに母は殺されました」

「私たちは、洞窟の奥にどうしても行きたいのです」

「奥へ、ですか？　あそこには何十匹のワニをパスしないと行けません。洞窟の奥に何かあるのですか？」

「今は言えませんが、私たちに協力してほしいと言ったら、手伝ってもらえますか？」

「取材は嘘ですね……悪魔の洞窟が諸悪の根源だという話もあります。あまりにもワニが多いので誰も近づきません。わかりました。私はあなたたちに協力します。それが母の弔《とむら》い合戦になる気がしました」

「本当ですか？　ありがとう」僕は彼が加わってくれることに凄く力をもらった気になった。これで洞窟の奥に行けるという確信を持った。京子も同じように感じたんだと思う。安堵の表情だ。

「でもあなたたちも洞窟に行くのなら、ワニやニシキヘビのことや戦う武器についても勉強してもらわないといけません」

「もちろんです。だからあなたにチームに加わってほしいのです」

いきなりジョンが手を出してきて、僕も強く手を握った。遅れて京子も僕らの手を包むように両手で握ってきた。新メンバーが決定した瞬間だった。

11

クリスとロバートとジェイが大きな収穫を持って戻って来た。開発したＡＩカメラを搭載したドローンが早速、大きな成果を上げていた。いつものように僕の部屋に全員が集まった。

「この映像見ろよ」とクリスが得意げに見せたのは、まずはドローンでゆっくり洞窟の奥まで行った映像だ。かなり洞窟は奥深いと言われていたが、５００ｍくらいあることがわかった。そして、入口から200mくらいまでは、特にワニと思われる生物が50匹はいることもわかった。次に見せられたのは、洞窟の入口付近の映像だった。ドローンに別なカメラをつけて、入口周辺にカメラを固定させることに成功したのだった。

「これ結構、苦労したんだぞ。装着に5回も失敗して、5台もカメラを失ったよ」とクリスが早口でしゃべる。

「それで得た映像が次のだよ」

洞窟はワニの基地だという話を聞いたがまさにそういうことを証明するような映像だった。洞窟からワニがどんどん出て行って、獲物を確保したり食べたりして戻ってくるもので、まさに基地から出て基地に戻ってくる感じなのだ。

「凄く参考になるよ」

「だろ」

「俺たち頑張っただろ」とジェイ。

「そして超音波によってわかった洞窟の形状はこうだ」

続いて見せられたのは、まさに洞窟の形が詳細にわかる3D画像だった。

「凄い！」と京子。

「これで形状もわかったし、ワニの状況も把握できたので、次に進めるな」

「ああ、ケン、ところでワニ使い見つかったんだろ」

「うん、午後に紹介するよ」

「楽しみだな」

「メールしたように、お母さんをワニに殺されているので、そこは注意して話してくれ」

「そうだな。ワニについて冗談なんか言ったら、ぶっ飛ばされそうだよな」

「彼はジョンというのだが、ワニやニシキヘビについて教えてもらうことは沢山ある」


午後になるとジョンがやってきてメンバー全員に紹介する。

「ジョンです。よろしく！」ジョンが笑顔で挨拶すると、

「こちらが、うちのチームのネットスペシャリストのクリス」

「よろしく！」とクリスも笑顔で言う。

「俺が弱いところが得意なんだね。心強い！」

「そしてこちらがロバート」

「よろしく」とロバートがポーカーフェイスで言う。

「大きいですね」

「力持ちよ」と京子が言うと、ロバートが任せておけという感じで胸をたたく。

「それからジェイ。カンフーの達人で工学博士」

「よろしく」とジェイも笑顔だ。

「こういうメンバーだ。それじゃー、早速、会議を始める」と資料を配る。

「ケン、まずドローンで撮影した洞窟内部の映像と固定カメラで録画した映像を昨日編集したので、ジョンにそれを見てもらおうぜ」とクリスが言った。

「そんな映像があるんだ。凄いな……」

パソコンをモニターにつないで、クリスが映像を再生すると、ジョンは食い入るように映像を見ている。

「実は一番奥にいるワニは、かなり大きいことがわかった。6ｍを超えていると思う」

「6ｍ?」

「主《ぬし》だ……」と叫ぶジョン。

「主?」と京子が反応すると、

「この悪魔の洞窟には巨大ワニが主として君臨しているという噂が昔からあったけど、本当だったんだ」

「やっかいなのは、入口から20ｍくらい入るとスペースが広くなるんだけど、そこに大きなニシキヘビがいる」

「なんかRPGゲームみたいだな。最後にラスボスの主のワニがいて」とジェイ。

「そうなんだよ。この映像を見て、俺も最初そう思った」とクリス。

「とても私は近づけないわ」

「もちろん京子は洞窟に来なくていいよ。外でもやることは沢山ある」

「良かった」

「ここからは、ジョンにワニとニシキヘビの習性などについて教えてもらう時間にしたい」

と僕が言うと、ジョンもカバンから資料を出してきた。

「まず、この資料を見てくれ」と各自に紙の資料を渡すとジョンは話を続ける。

「詳しくはその資料に書いているが、簡単に補足しておくと、ワニは水中では早い動きをして、地上だとのろまなイメージを持っていると思うが、それは間違いで、普段は遅いが突然素早く動くこともあり、舐めていると命取りになる。それから、知能が低いイメージもあると思うが、その先入観も捨ててほしい。時には罠をしかけて狩りをするようなこともある。

ワニのあごの力は想像を絶するほど強いので噛まれたらそこから無理やり離そうともがいては駄目。目や頭をたたくようにする。目が最大の弱点で、布などで隠すと動きがとれなくなる」

一気に話すジョンの迫力に押されて、みんなひと言も発することができない。

「さすがワニに詳しいね」と言うと「ケン、常に命がけだからね。ひとつ間違えたら死が待ってる」とジョンが冷静に言い放った。

「レストルームに行きたい」と京子が言ってくれて、雰囲気がゆるんだ。

少し休んで、ジョンの講義が再開した。

「次はニシキヘビ。ニシキヘビはここでもワニより大きなものが発見されている。体長は10m近くあるのもいる。イメージの通り、ぐるぐると体に巻き付いて締め付けて殺すのが普通。殺したあと、大人の人間でも丸呑みする。動きも素早いが、ワニ同様、変温動物のため長い距離を走り続けることはできない。小さい蛇であれば捕獲棒で口をおさえてしまえば簡単に捕獲はできるが、大蛇となると簡単に口を封じることはできない」

クリスがここで大きくため息を吐く。みんなニシキヘビと向かい合っていることを想像しながら話を聞いているんだと思う。

「今日のところは、こんなところでいいと思う。あとは資料をよく読んでおいて。明日からは戦う武器を用意するので、使う練習を始めよう」

「わかった。ジョンありがとう」と僕が言うと、ジョンは笑顔で答えた。

別れ際に「ケン、キョウコは彼女なのか?」と突然ジョンが訊いてくる。

「えっ、彼女じゃないよ。幼馴染さ」

「そっか、それじゃ僕にもチャンスあるわけだ」とジョンは去っていった。

12

次の日からワニやニシキヘビと戦ったり、捕獲したりする機器などについての説明が始まった。説明後は、実際に使用してみる。具体的には罠が付いた檻だったり、銛や捕獲棒や麻酔銃などの使い方だ。教えてもらう中で自分のイメージとはかなり違うものが多かった。特に麻酔銃は、距離がある場所からでも狙えるのかと思ったら、離れても10ｍくらいじゃないと駄目だった。また、当たればすぐ眠るわけではなく、10分以上経ってから効果が出たり、バラツキも激しい。麻酔銃で命中したと思って気を抜いているとそのあとに襲われることは、よくあるそうだ。10ｍ以内からじゃないと撃てないとすれば、非常に危険だ。

2日目には、ジョンが実際にワニやニシキヘビと戦って捕獲した動画を持って来て見せてくれた。見ているだけで緊張感が走る。実際に大きなワニやニシキヘビが目の前に現れて冷静に行動できるのか不安だと呟いたら、クリスもそうだよなと考えこんだ。それから何かを思いついたようで、訓練用にちょっとしたものを作りたいと言って、ジョンに動画を借りて、クリスだけホテルに戻った。

3日目はちょうどワニを捕獲してくれという依頼があったから実践訓練しようと言って、

一緒に現場に行って、ジョンが捕獲する流れやワニの実際の動きを見た。体長3mもなかったが、やはり迫力がある。

4日目は、洞窟の上からロープで降りて、洞窟内に侵入する方法を採ることになったので、崖からロープを下ろして、下りる訓練と反対にロープを使って崖を上る訓練をした。

6日目にクリスがみんなに見せたいものがあると言って、訓練している場所に戻って来た。目にクマができていて寝てないなと思った。クリスは、動画に映っていたワニやニシキヘビの動きをPCに取り込み、そこから簡易なVRゲームを作っていたのだ。

「これで実際にワニやニシキヘビと戦う疑似体験ができるぞ」と言って、まずジョンにVRゴーグルを渡し、見させる。ジョンは、いきなり興奮して戦い始めたようだ。あまりに真剣なので、見ているこちらは可笑しかったが……。

「これ凄い！　本当のワニやニシキヘビと戦っている感じだよ」

「ジョンに太鼓判をもらえれば大丈夫だな。これは、体長や動きの俊敏性なども数値をいじると映像に反映できるようにしてある」

「クリスって天才ね！」と京子。

「今、わかったのかよ」と得意げな顔のクリス。

「よし、早速、使わせてくれよ」と僕はVRゴーグルを装着した。

実際に始めるとさすがに短期間で作ったので、ワニやニシキヘビの姿は簡易だが、動きは、3日目に見てきたワニそのものだ。パラメーターをいじって5mの体長にしてみると、おそろしく大きく感じて逃げ出したくなる。ニシキヘビとも戦ってみるが、なかなか簡単じゃない。いったん巻き付かれたら、大きい体長のものだと締め付ける力が強く離れられずに気絶したことになり、ゲームオーバーになった。クリスは、もっと時間があればワニの口や尾による衝撃やヘビに巻きつけられて縛られた感じも出せるんだけど、ソフトはともかくハードを作っている時間がないと言って残念そうだった。それにしてもこのVRを使ったシミュレーションゲームは実践に役立った。当初の恐怖心はかなり消えた。

いよいよ決行日を決めて作戦会議を行った。まず、洞窟に入るのは、僕とジョンとロバートの3人で、僕の頭に付けるカメラを見て、指示をするのがクリス。ドローンを操るのが、ジェイ。その2つの映像から洞窟全体の状況を見て指示するのが京子というように各自の役割を決めた。ワニがあんなに生息しているのは、あそこの洞窟の中と前の川に魚が沢山いて、そのため鳥も多く、つまり、ワニの好物の魚と鳥が沢山いるからなのだ。そのため川の流れを利用してジョンが作る大きな罠を設置して、入口周辺に多くいるワニを一網打尽にして、洞窟内に入る。そこからは麻酔銃を使って奥まで行くというのが基本の作戦だ。ジョンはマシンガンを用意してワニを撃ちまくりたいのが本音だそうだが、さすがに洞窟内では、危ないので自重するそうだ。ワニの主に麻酔銃が効くかは戦ってみないとわからないが、3人力を合わせて戦うしかない。その主の前にいる大きなニシキヘビも気になるが、こいつは麻酔銃が効くのではとジョンは考えている。

13

決行日の前夜、京子がホテルの僕の部屋に来た。

「京子、眠れないのか？」

「ええ、だって明日、ワニとかと戦うんだもん」

「京子は、洞窟近くの小屋で状況を確認する役だから直接、ワニやニシキヘビと戦うわけじゃないだろ」

「そうだけど、ちゃんと見てないとみんなが危険になるから、それはそれで緊張するよ」

張り詰めた顔で僕を見る京子。

「確かにそうだな」

「健、洞窟の奥に青い板があると思う？」

「どうだろう。でも、ある気がする」

「私もある気がする。どうしてだろう、700年以上経ってるのに」

「ヒア僧と接していた時、そういう時空を超えた不思議な感覚があった。時間や空間が僕たちのいる世界とは異なるような感じがするんだ」

「健と話してたら、落ち着いてきた。眠れそうだから帰るね」

「ああ、それじゃ明日はよろしく」

「健もゆっくり寝てね」

そう言うと京子は部屋から出て行った。

いよいよ明日だ。僕は京子と話して逆に興奮してきた。まずいな。眠れるかな。時計を見る。夜中の1時だ。静まり返った部屋に時計の針の音が妙に大きく聞こえた。


次の日、洞窟の近くにある小屋に集まるメンバー。ここはクリスとジェイと京子がいて僕らに指示をする後方基地の場所である。小屋の中には、ジョンが集めてきた武器や機材が机に並べられている。

3日前から洞窟より上流にいる魚を柵でせきとめ、洞窟周辺に魚が来ないようにした。これで餌を入れた罠である檻に洞窟入口にいるワニを誘導しやすくなる。

机の上にある道具は、ここまで使い方をさんざん練習してきたものばかりだ。軽いが硬い素材でできた1mの棒で、これでワニやヘビの目をたたく。麻酔銃は改良してあって、3連射できるものだ。他にナイフである。ジョンは小型銃も持っている。それを特製ベルトに装着して洞窟に入る。僕とロバートの頭には小型カメラがついたヘルメットを装着している。ジョンは嫌がって付けないことになった。

いよいよ決行時間になった。予定通り魚を洞窟より下流にある檻の方へ一気に放す。それにつられて洞窟周辺にいるワニの多くが移動しはじめた。それを見て、僕もロバートもジョンを見た。

「僕がGOを出すので、もう少し待って」とジョン。

ジョンは5分ほど待って、「行こう」と言った。心臓の鼓動が激しく鳴るのがわかったが、ジョンといると不思議と恐怖感はなく安心感がある。

洞窟の上から練習通りロープを使っておりて、洞窟に向かって左脇から入る。ここにはほとんどワニがいないからだ。檻の方にいるワニたちが魚をつかまえる大きな音を立てているため、右側にいるワニの注意はそっちにいっている。洞窟に入るとジョンの動きが別格だ。ジェイが操作するドローンも僕らより先に洞窟に入っていく。クリスからも「ケンとロバートのカメラの映像もしっかり見えてる」と声がかかる。

麻酔銃を撃ちながらどんどん奥に入っていく。僕もロバートも練習はしてきたが、実践は初めてなので、スムーズにはいかない。特に、麻酔銃の弾の交換は緊張してるためか時間がかかってしまう。ジョンがどんどん片付けてくれて進むので、そんなに大変ではないが、それでも麻酔銃が当たってもすぐに眠ってくれるわけではないので、要注意だ。しばらく行くと、見えなくなっていたジョンが何かと戦っている。その時、クリスから連絡が入った。

「大蛇だ。10mくらいありそうだ」

近づいていくと確かに10mくらいある。ジョンの体が小さく見える。ジョンがこちらに振り向き「4発麻酔銃を食らわせたので、動きも鈍くなってきたし、少しすれば眠るだろう」と言っている時に大蛇がジョンを襲おうと動いた。あっと思った時、ロバートが棒で大蛇を殴った。さすがの大蛇も怪力のロバートに棒で殴られ横に飛んだ。ロバートがジョンに「ここは任せろ」と言うとジョンが「大丈夫か?」と聞くが「大丈夫だ」とロバートは答えながら第2打目を浴びせている。それを見て、ジョンは洞窟の奥に消えていった。僕も大蛇に麻酔銃を連射で打ち込む。当たってはいるが、倒れない。棒で第3打を打とうと構えたロバートに大蛇は尾で反撃し、ロバートが転んだ。そこにつけこんで大蛇はロバートの体を胴体で巻き出した。このパターンはやばい。ロバートの胴体を巻き出した箇所を僕も棒でたたき続けるが、大蛇はひるまずロバートを締め続ける。苦痛に顔がゆがむが、必死に腕で完全に締め付けられないようにしている。僕はジョンから聞いた話を思い出し、目をめがけて思いっきり棒を振りおろした。手の感触はしっかりあった。間があって、大蛇は倒れた。麻酔が効いてきたのかもしれない。ロバートもその場にしゃがみこんでいる。

「大丈夫か?」

「大丈夫だ。やばかったけど」

「ロバート、良かった」

「健、奥ではジョンが洞窟の主と戦って苦戦してる。すぐ向かって」と京子の声がイヤホンから聞こえる。

「わかった、奥に向かう。ロバートは少し休んでから来いよ」

僕がジョンのところに行くと、ジョンが倒れている。

「健、ジョンが危ない」とイヤホンから京子の必死の声。

倒れているジョンを6m近くあるワニが今にも大きな口で挟もうとしているところだった。

「ケン、棒!」と言われた瞬間に棒をジョンに放った。ジョンはそれを掴んで、つっかえ棒にして主の大きく開いた口に挟んだ。そしてジョンはすぐ体勢を立て直して、立ち上がる。主も首を振って棒を飛ばす。ジョンは拳銃をベルトから抜いた。その時、主と僕は目があった。主の動きが止まる。僕は目をそらしてはいけないと思った。睨み合いがどのくらい続いたかわからないが、主の目が優しくなった気がした。すると主は洞窟の横へ動き出した。まるで奥へ続く道を開けるように――。

「私たちが欲しいものは奥よ」と京子が叫ぶ。

僕とジョンは走って、奥の棚のようなものがあるところに行った。

「この中にあるのか、ケン」

「わからないけど、何かを祀ってたように見える」

そこにロバートもやってきた。

「いよいよだな。ケン」とロバート。

腐った古い木の棚の扉を開けると、そこには布に入った長方形のものがあった。形状からこれだ。布を取ってライトをあてると、青い金属の板だということはわかった。

「やった」とイヤホンからクリスと京子の声。

その板を持って、ジョンとロバートの顔を見て握手をした。


帰りは、かなりのワニが麻酔銃で眠っていたためほとんど戦いをせずに小屋まで戻れた。洞窟に入った3人も疲れ切っていたが、京子もクリスもジェイも同じように疲れ切っていた。達成感もあったが、それよりも疲労困憊の方が勝っていた。ジョンは明日から仕事があると言って帰っていた。

京子は青い板を手に持って舐めるように見ている。

「あと1枚ね」と京子が言う。

「あと1枚はどこにあるんだろう。またベネチアに行かないとわからないんだよな」

「そうなんだ、クリス。羅針盤で示された場所にまだ残っているという保証も全くないし」

「それでも2枚揃えられたんだから、ケンは何か持ってるよ」

「俺もクリスに賛成。マルコが導いているんじゃないか」とロバートも大きな体を動かしながら言う。

「しかし。こんな貴重なものを2枚も持ってるだけでも気持ちが重くなる」

「そうだよね。歴史的な遺産でもあるし、ジパングを見つける鍵だし」と京子。

「ケン、俺に2日貸してくれないか？」何かを思いついたようにクリスが言う。

「どうして？」

「PCに色々データを入れておきたい。形状や重さなどね。素材も少しだけ採取させてもらいたい」

「そうか……わかった」

「長方形のこの板の上下の幅が少し違うけど、その羅針盤には、どちらから入れるの？」

「先が少し細い方から入れると針が動く」

「その羅針盤には、この板全体がほとんど入るの？」

「いや、30％くらいは入らないで、外に出ている。なんでそんなこと聞くんだ」

「羅針盤もできるだけ再現しておきたいなと思ってるし」

「そうか、クリスに頼むと色々なことが科学的にわかるようになるからありがたい」

クリスはドヤ顔で「任せておけ」と僕に向かって言う。

14

次の2日間は、疲労困憊でほとんど食事もとらず眠り続けた。起きると体の節々が痛い。実際に受けた傷もあるが、それ以上に筋肉痛がひどい。ベッドの横の電話のランプが赤く点滅している。ホテルからのメッセージだ。ワニ退治を大々的にやったのがニュースになっていて、地元の人が感謝の気持ちを込めてパーティーを開いてくれるそうだ。

クリスから2枚の板が戻り、ホテルの貴重品BOXに預けて、パーティーに行くことにした。5人ともホテルで貸衣装を借りて、ドレスアップしてパーティーに行く。京子は、赤いロングドレスで髪もセットしてどこの有名な女優かモデルが現れたのかと思った。華やかな武器をつけた時の京子は、表情やしぐさも一段とエレガントになって驚くほど輝いている。

「何驚いてるのよ」

「驚いていているわけじゃない」

「私の美しさに気づいた？」

「そんなの知ってるよ」と言いながらまともに見られない。

クリスと僕とジェイは、カジュアルなジャケットだが、ロバートはタキシードでばっちり決めている。よくこの巨漢に合うタキシードがあったなと感心したが、逆にこれしかなかったようだ。３人も京子を見て見とれていた。

パーティーは、レストランの外の庭で行われる。日に焼けた青年がこっちに走ってくる。走ってきた姿でジョンだとわかった。

「ジョンも来てたんだね。良かった。一番の功労者がいないと始まらないからな」

「ケンに助けられたよ」

「ジョンがいなかったら洞窟に入るのは不可能だったよ」

「それにしても主はケンを見て道をあけたよな」

「ジョンと戦って、疲れているところに僕が来たからじゃないか？」

「違う。ケンをしっかり見てたぞ。そして、戦わず、横に歩いて道をあけた。ケンから何かを感じたからだ。もしかしたら、ケンが手にしたあの板を守っていたのかもしれないな。そして、こいつなら渡してもいいと感じたのかもしれない」とジョンが主を思い浮かべながら一気に話しているとマイクの電源が入り、パーティーは始まった。僕たちは、ひな壇にあがらされ紹介を受ける。村長にも紹介されたので、こんなパーティーを開いていただいて、ありがとうございますとお礼を言うと、主催は村長だが、企画したのは別な人物だという。誰が企画したのか訊いて返ってきた答えに驚いた。アリーだった。そしてアリーは会場に来ていない。嫌な予感がした。パーティーが終わるとすぐにホテルに戻った。嫌な予感はあたった。アリーの狙いは、板だったのだ。僕らをパーティーに誘い出し、その間に盗みに入ったのだ。貴重品ＢＯＸに入れていた2枚の板が盗まれてしまった。呆然としている僕にクリスが、「取り返しに行こうぜ」と肩をたたく。

「どうやって？」と訊くと、

「ほら、これを見ろ」とスマホを僕に見せる。地図アプリに赤い点と青い点が並んで点滅して移動している。

「これは？」

「赤い点が赤い金属板、青い点が青い金属板だよ」

「クリス凄い、これＧＰＳ⁉」と京子が叫ぶ。

「板を借りただろ。その間にフィルムタイプのＧＰＳを2枚ともコーティングしておいたんだ」

「これに時間かかったな」とロバートが楽しそうに言う。

「クリスありがとう、おまえ本当に天才だ！」僕はお世辞抜きにそう思って声が出た。

「今更わかったのかよ……おっ、ここで止まった。ここがアジトだな」

「どこだ？」

「トバ湖にあるシピソピソの滝の近くだな」とクリスが言う。

「ケン、すぐ行こう！」

「今日はすぐ夜になるから、明日の朝から作戦開始だ」

「ジョンも呼ぼうよ」と京子が間髪入れず言う。

「そうだな、ジョンがいれば百人力だ」

「土地勘あるし、武器も持ってるしね」


1時間後、ジョンがやってきた。

「どういうことか、ちゃんと説明してくれないか？」

「健、ジョンを信じて全部話したら」と京子。

「ジェイにもすべて説明しないと……」

できるだけジパングについて知っているメンバーは少ない方がいい。でも説明しないと何を命がけでやっているのか理解してもらえないし、これから危険な板の奪還に参加してもらえないと判断し、話すことにした。ジェイは大体把握していたのだろう。小さくうなずいていた。それに対して、ジョンは話を聞いて驚いていたが、主が道をあけた理由もわかったと言い、目を輝かせて「取り返そう」と力強くみんなに言ってくれた。ここスマトラ島でジョンにそう言ってもらうとやれる気になる。京子もそう思ったようで、「ジョンがそう言うと心強いわ」と言う。

「キョウコ、取り返したら、今度デートに誘っていい？」

「えっ？」と京子は驚いて僕を見るが、僕は目をそらしてしまった。

「いいわ、デートしましょう」と京子は答える。

「やった！　やる気が倍増した」とジョンは嬉しそうだ。

15

トバ湖は世界最大のカルデラ湖だ。長さ100km、幅30km、深さ530mで、面積は1、000km²にも及ぶとてつもなく大きい湖だ。普通に見ると海にしか見えない。ホテルがあるメダンからアジトまでは約120kmだ。武器は悪魔の洞窟に持っていったものと同じだ。静音でカメラを搭載した小型ドローンと麻酔銃、そして軽量で硬い棒だ。

車で3時間半くらいかかったが、8時半にはアジトの大きな2階建ての家が見えるところまで来た。まずはドローンを飛ばして、アジトの様子を探る。中には6人いることがわかった。武器は持っているかもしれないが、まさかここまで来ているとは思っていないようだ。監視もつけてない。ドローンが撮っている映像を見て、アリー以外にも見覚えのある顔がいた。ウラマーと称していたムハンマドと仏教僧のアグンだ。やっぱりあいつらはグルだったのだ。

中の様子と人員がわかったところで、作戦を立てる。クリスとロバートが正面突破して、板を返せと叫んで暴れる。するとアリーが板を持って逃げるだろうから、それをジョンと僕が勝手口から入り奪取する。ジェイは前回と同様ドローンの操作で京子はそれを見て指示をする役だ。

突入の時が来た。表のガラス窓を割ってロバートとクリスが突入する。京子が中の様子を見ていて、叫ぶ。「銃はないみたいだけど、ナイフを持ってるから気を付けて。それとアリーは2階にいる。護衛を2人つけて、逃げそう」

「護衛は俺に任せろ、ケンはアリーと戦って板を取り戻せ」とジョンが叫ぶ。

ロバートは大暴れしている。次々と投げ倒し、クリスは麻酔銃を使って撃ちまくっている。ジョンは護衛と素手で戦っているが、ムエタイでもやっているのだろうか本格的な格闘技スタイルだ。僕は2階に駆け上がる。

「アリー、板を返せ」と構えると、アリーは予想に反して、素直にバッグを床に置いた。

「空手の上級者と戦うつもりはない。板は返す。大きなおまけ付きでな」とアリーは不気味な笑みを浮かべている。

「おまけ？」

「バッグの中身を見てみろ」

急いでバッグを開けて中を見ると板が3枚布に包まれている。なぜ3枚と思いながら、1枚ずつ布を取ると、赤、青と板が出て来て、3枚目の布を取ると白い板が現れた。

「あっ」と思わず声が出た。

「凄いおまけだろ。これで3枚揃ったわけだ」

「ケン、お前の友達にもう戦うなと指示してくれ。大事なものは、取り返したんだから」

「わかった」と言いながら階段のところまで行き、クリス、ロバート、ジョンに取り返したので、もう戦わなくていいぞと叫んだ。アリーも下に向かって叫んでいる。

アリーは「それじゃあな」と言って階段を下りていく。途中で止まり、「どうして板を盗めたと思う?」と言った。

「どういう意味だ」

「ケン、気をつけろよ。仲間に裏切り者がいるんだよ」と言って再び階段を下りていった。

僕はしばらく白い板をもったまま見つめていたが、階段を上がってくる足音を聞いて、白い板だけ懐に隠した。

「ケン、どうした?」とクリスが声をかけてきた。いつのまにかロバートもジョンも後ろにいた。そこにバタバタと階段を上がってきた京子が叫んだ。

「取り返したのね」と京子は興奮気味だ。

「あいつらみんな車で逃げた」とジョン。

「ああ、僕らは警察でもないし、必要なものは取り返した。ほっとけばいいさ」

「ケン、やっぱりお前は凄いよ」とロバート。

16

トバ湖の近くのホテルに戻る。部屋で1人考え込む。3枚揃った興奮よりもアリーが言った裏切り者という言葉が心にこだましている。以前から少しおかしいと思うことはあった。今回でもパーティーをしかけて僕たちをホテルの外に出し、板を奪ったが、部屋は荒らされていない。つまり、最初から板はホテルの貴重品BOXに預けていたことを知っていたことになる。ホテルに内通者もいたんだろうが、手際が良すぎる。内通者が京子、クリス、ロバート、ジェイの中にいるとすれば話は簡単だ。この4人なら手際よくやれる。これからは誰も信用せず進まないといけないのか、暗澹たる気持ちになった。アリーが何故白い板もこちらに渡したのかも疑問が残る。白い板を持っていることを僕は知らなかったわけだから、渡す必要はないのに……いくら考えても答えが出てこないことばかりだ。

悶々としている間にいつのまにか眠りについていた。

次の日、約束通り、京子とジョンは観光に行った。僕は2人のデートが少し気になったが、へとへとで寝ていた。

「ジョン。どこに連れて行ってくれるの？」

「オランウータンが生息する世界自然遺産にも登録されているグヌンレウセル国立公園に行こうと思うけど、どうかな？」

「オランウータンって人を襲わないの？」

「こちらが悪さしなければ大丈夫だよ。オランウータンは頭もいいしね」

「そうなんだ」

国立公園に着くが、想像していた以上に大きい。普通は日帰りでは行かないようだが、まっすぐオランウータンが生息しているジャングルに向かった。

「あっ、いた」京子が叫ぶ。

「親子だね。少し見てようか」

「子供のオランウータン可愛い。一緒にいるのはお母さん？」

「そうだよ、普通、子供は母親といるんだ」

「父親はいないんだ。私は小さい時から母親がいなくて、健は父親がいなくて……」

「キョウコはケンのこと好きだよね」

「どうかな？」

「そう見えるけど」

「小さい時から知っていて、兄弟のいない私にとって安心感もあるし、最近はいないと困る存在になってきたかな」

「そういう存在がいないから僕にはわからないけど、うらやましい」

「うらやましい？　何故？」

「男女を超えて信頼できる人がいるなんて素敵だよ」

「ジョンにはいないの？」

「猟師仲間だけかな。弟もいるし、食べていくのに必死にやってきたからね」


京子は帰ってくると、国立公園に行って、オランウータンなどの動物と触れ合いながらデートを楽しんだ話をしたが、僕が興味なさそうな態度だったので、突然怒って部屋に帰ってしまった。

それから2日経って、やっとスマトラ島を離れ、それぞれ家路に就いた。僕と京子は日本へ、クリスとロバートとジェイは北京へ帰る。ジョンが別れ際にチームに入りたいと申し出てきた。僕らは、もちろん快諾した。東京への帰路、京子の機嫌は元に戻っていて、ほっとした。

第九章

交錯する裏切りと信じる心

1

ベネチアに来ている。もちろん、マリアのところに行って、2枚目の板が見つかったので、3枚目の場所を特定するためだと報告するのがオフィシャルな話だが、実際は、マリアの隙を見て、3枚の板を差して、それが示す場所を確かめるのだ。マリアに3枚目もみつかったことを言うかどうか迷ったが、ジパングの場所が特定するかもしれないことは伏せておきたかった。

マリアに会って、2枚目の青い板を見せた。

「素晴らしいわ、ケン。この青色も美しい。深みのある色ね。あと1枚でジパングがわかるのね」とマリアも興奮気味だ。「羅針盤を持ってくるわ」と言うと部屋から出て行き、しばらくすると羅針盤を持って戻ってきた。羅針盤に2枚の板を差し込むと針は9の数字を示した。スマホに入れてある海図を見ると、9が記されている場所は、中国の揚州だ。ここもマルコが赴任していた場所だ。白い板はここにあったのか——。

「マリア、マルコの日誌で揚州の記述がある箇所を探してコピーしてほしい」と頼むとマリアが部屋を出て行った。ここだと思い、白い板も出して3枚目を入れる。針が動く。口が乾く。針は4で止まった。まず白い板を隠す。海図を見るとフィリピン近くの島だ！　ここに島があるのかそれとも今は沈んでいるのか……マリアが戻って来た。興奮しているのをおさえないといけない。

「ケン、持ってきたわ」とコピーを手渡される。

「マリア、以前もお願いしたけど、日誌のすべてをコピーしてくれないのですか？」

「それは駄目よ」

「どうしてですか？」

「それは言えないわ」とマリアは不快な顔をする。

「わかりました」

マリアの家から出ると見覚えのある顔が待ち構えていた。

「ケン、調査は進んでいるのか？」

「セバスチャン、まあまあだよ」

「すでにジパングの場所がわかったとかね」と何か知っていそうな顔で言ってくる。鎌をかけているのに違いないので、動揺してはいけない。

「まだまだだよ」

「そうか」と言って後ろを向いて車の方に歩き出す。振りむくと「マリアは危ないおばあさんだぞ。気をつけろよ」と言われた。

「どうしてだ」

「そのうちわかるよ」

「君の方がよっぽど怪しく危険だ」と僕が言うと不気味な笑顔で去って行った。マリアが危ない⁉　どういう意味だ。謎が多いのは間違いないが、今は頼るしかない存在だ。それでも3枚目も見つかったことを言わなかったのは、僕の中でも何かがひっかかっているというのも事実だった。

2

日本に帰国するとすぐに京子がやってきた。

「どうだった？」

「うん、次は中国の揚州だ」

「そこに3枚目があるのね？」

「どうやって探すのか途方に暮れるけどね」

「日誌にヒントないの？」

「行った場所などは書いてるけど、これだというヒントはない」

「パパも待ってるわ。相談しましょう」

「ああ、その前にクリス、ロバート、ジョンとジェイにも伝えたい」

「そうね」

「オンラインでビデオ会議をやろう」


日程調整をして、オンラインでビデオ会議を行う。クリスとロバートとジェイが参加してきた。あとはジョンだ。京子は僕の家に来て一緒に参加している。雑談をしているとジョンも入ってくる。これで揃った。

「みんな、元気かな。早速、次の場所は中国の揚州だと羅針盤は示した」と僕が言うと、すかさずクリスが「そこもマルコの赴任先だね」と言った。

「ああ、そうだ」

「3年間、総督として揚州にいた記録が残ってる」とロバート。

「ケン、何かヒントあるのか？」とジョン。

「それが何もないんだ」

「今までのことから歴史ある寺とかに託しているんじゃないかな」と京子。

「日誌から見ると大明寺《だいみょうじ》は行ってみても良いかなと思ってる」と僕が応える。

「大明寺?」とジェイ。

「601年に建立された寺で現存している。マルコも訪ねたことも書かれている」

「健、そこにあるんじゃない! あの鑑真《がんじん》さんもここのお坊さんだった」と京子。

「そこに違いない」とクリスもうなずいている。

「ここから調べて行くよ」と僕が言うと、クリスが「中国なら俺とロバートの出番だ」と言う。

「私も忘れないでくれ。中国にいるよ」とジェイ。ここで会議を終わらせた。京子は、真おじさんとの日程を決めると言って帰って行った。みんなに3枚目が見つかっていることを言っていない罪悪感だけが残った。


真おじさんに会う。いつも以上にテンションが高いなと感じる。あと1枚見つかれば、ジパングを発見できると思っているからだろう。大明寺を早速調査してくれるようだ。

意外に早く結果がわかって真おじさんに再び会う。大明寺は、今まで何度も火事で寺自体もそこに置いてあった重要資料も消失しているのだった。そのため、マルコが総督だった時代の物は何もないそうだ。真おじさんは落胆していたが、引き続き調査を続けてくれるそうだ。何かわかったら連絡をくれることになった。

3

僕は次のステップを1人で進まないといけない。場所はフィリピン海溝だ。深海がある場所だ。戻ってから調査してみたが、黄金がありそうな島は存在していないし、このあたりは昔から大きな地震があって島がずいぶん沈んだらしい。ジパングも沈んでいるに違いないと思った。そう考えると長い間ジパングが発見されていないのもわかる。とすると深海の遺跡調査をしないといけないことになる。僕が単独でやれるはずがない。そこで深海の研究や遺跡を調査している機関を探すことから始めた。深海の遺跡調査をしている機関は、莫大な費用もかかるので、そんなに多くはない。ひとつ気になった機関というか人がいた。シルビアという海洋生物学者であり、ミッション・ブルーという世界中に海洋保護区を設立するという団体を率いている女性で、深海遺跡調査などでも実績をあげている。現在は、第一線を退いているが、その弟子のアマンダという人の講演とミッション・ブルーなどの展示がニューヨークで行われている。とにかく会って話が聞きたくて、気が付くと飛行機に飛び乗っていた。

飛行機から自由の女神が見える。ニューヨークだ。ニューヨークは僕がイメージしている摩天楼そのものだった。

到着すると、真っ先にステーキハウスに行った。ニューヨークは北京と違うパワーを感じる。そのパワーに負けないためにステーキを食べたくなった。マンハッタンを歩く人のスピードも速く思える。東京とそんなに変わらない気もするが、何かが違う。ステーキを食べ終わると展示会を見に行く。赤いスーツを着た50歳くらいの女性が色んな人に挨拶をして話している。あの方が、アマンダに違いない。まず展示を見ることにした。その展示会では、世界の海の環境がどんどん壊されている状況が写真や動画でわかるようになっている。展示を見て戻ってくると、アマンダの講演が始まるということで会場にいる観客も講演会場に移動している。僕も一緒に移動して講演を聞くことにする。アマンダの話は、ミッション・ブルーの話がメインだったが、その中で、海洋生物の乱獲の問題、海底遺跡荒らしの話も出てきた。

講演後、アマンダを捕まえることができた。単刀直入に深海遺跡調査チームに入りたいと言うと、理由や経験を訊かれた。経験がないことや深海遺跡を調べたいと言うと全く相手にされない。次の日も、その次の日も、また次の日も、アマンダに会いに行くが、相手にされない。展示会の最終日にも結局相手にされなかったが、秘書のようにいつも横にいた若いブロンドの女性が名刺をくれた。その名刺からエリザベスという名前だとわかったし、泊まっているホテルと彼女の携帯電話も書かれていた。彼女は秘書ではなく研究者だった。

次の日、エリザベスに電話をするとホテルに来いというので行ってみると、アマンダとの時間を作ってくれていた。

「こんにちは、日本から来ましたケンです」

「毎日来てたけど、なぜあなたは深海遺跡調査をしたいのですか？　私のグループでも遺跡調査もたまにしているけど、メインは海洋生物や環境の調査なのよ」

「わかってます。もちろん、そのメンバーとして加えてほしいのです。遺跡調査をしたいというのは、父が考古学者だったのですが、志半ばで亡くなったものですから、その遺志を継ぎたいと思ってです」

「そう、お父さんは考古学者だったの。調査中に亡くなったの？」

「はい、調査中に事故に遭って亡くなりました。10年ほど前になります」

「そうなのね。わかったわ。あなたのその情熱を買ったわ。ボランティア・スタッフで良ければいいわ」

「はい、構いません」

「エリザベス、手続きしてあげて」

横に立っていたエリザベスが僕の方を向いて笑顔で、「わかりました」と言う。

アマンダは、僕とエリザベスを残して部屋を出ていった。

「エリザベスさん、ありがとうございます」

「いいえ、あなたの情熱は本当に凄かったわ。それがアマンダに伝わったのよ。まずは見習いからよ」

「わかってます。どこに行けば良いですか？」

「フロリダの研究所にきてもらう必要がある。大丈夫？」

「わかりました。日本に帰って、フロリダに行く準備をします」


東京に戻って準備をして北京へ行き、大学の休学手続きをした。クリスとロバートにフロリダに行く話をすると、あまりに急な話で驚いていた。

「揚州はどうするんだよ」とクリスが訊いてくる。

「京子のお父さんが調べてくれているんだけど、なかなか手がかりがないんだ」

「だからって、いきなりフロリダというのはわからないな」とロバート。

「これだけジパングが見つかってないことを考えると、海に沈んでいるんじゃないかと思ってるんだ」冷や汗がでてきた。

「飛躍しすぎていて、ついていけない。まあ、ケンが決めたんなら仕方ないけど」とクリス。

「応援が必要な時は言ってくれ、いつでも俺たちは駆け付ける」とロバートが僕の肩をたたく。その日は3人で飲み始め、ジェイも合流して朝まで飲み明かした。

4

最低限の荷物をまとめてフロリダの研究所に行く。フロリダの研究所は、大学や企業とコラボしている研究も沢山あり、実験施設や調査船や調査艇なども充実している。ここで働く研究員のための宿泊施設や生活施設も揃っている。従事している人は500名ほどもいる。僕はエリザベスがチーフである海洋調査研究チームに入ることになった。着いたその日から早速サンゴ礁の状態調査の資料を見て勉強をすることから始めた。

フロリダは、アメリカ南東部に位置していて、メキシコ湾と大西洋に挟まれるフロリダ半島の全域を占めている。日本人にはディズニーリゾートやケネディ宇宙センターがあることで有名だ。気候は温暖である。大都会ではあるが、ニューヨークに比べてのんびりしている。青い海とパームツリーが美しい、イメージ通りの場所だ。

フロリダに移ってすぐに京子がビデオ通話をしてきた。

「健、フロリダはどう?」

「うん、ここの研究施設は広いよ」

「どうして海洋研究所なの？　大学はどうしたの？」

「大学は休学した」

「休学して海洋研究所で働くのがわからない」

「次の展開にそなえてだよ」

「次は揚州でしょ。パパが一生懸命調べてるよ」

「そうなんだけど……」

「何かジパングのヒントを得たの？　いきなり海洋研究所に行くなんて……」

「ジパングはどこかの島だろ。海に沈んでいるかもしれないし、海のことをもっと知りたくなったんだ」

「でもまだ3枚目は見つからないんだし……」

「ただ待っていても意味がないだろ」

「そうだけど……」

「毎日が勉強で面白いよ。海は万物の起源だね」

「怪しい。なにか隠してる」

「京子は真おじさんの会社の手伝いを始めたんだろ」

「そうだけど」

「そうか、京子も頑張れよ」

真おじさんが揚州の調査を続けているという話を聞いて、少し憂鬱になった。

5

2カ月も経たないうちにチャンスが来た。深海生物に関する実地調査が行われることになり、エリザベスチームも参加することになった。もちろん、僕の強いプッシュが効いたのだ。

中央アメリカ海溝へ向かう。この海溝はメキシコからコスタリカにかけての海溝であり、フロリダから一番近い海溝でもある。潜水調査艇の操作練習はここ1カ月やってきたが、本当の深海では初めてになる。6000mは潜れる艇で、3人乗りだ。エリザベスと小柄のスミスと一緒だ。メインで運転するのは、一番ベテランであるスミス。ベテランと言っても35歳だが。

いよいよ初めて潜る日になった。調査船からこの潜水調査艇が海中へ降ろされていく。どーんと海中に入ると泡で何も見えないが、しばらくすると丸窓から青い海が遠くまで見える。徐々に降りていくと海の色がどんどん青味を増し、300mを超えた頃には暗黒の世界になる。それでも降り続けると突然雪のようなものが舞いだした。これが、あのマリンスノーか、美しい。暗闇の中でライトを浴びたプランクトンやその死骸なのだが、形状も色々あり浮遊している様は、見た人を魅了する。2時間以上かけて降りていき5000mの海底に着くと、そこからは横へ移動し、深海生物の調査の開始だ。ここまで深くなると砂や泥の中にもぐって生活する底生魚ばかりだ。砂の中にいて、さらに小さく動かないので、肉眼ではみつけにくい。2時間ほど調査をして、2時間以上かけて海面に戻る。海面に出た時は、正直助かったと思った。体に思った以上に力が入っていたんだろう。地上に出るとくたくたに疲れていた。

「ケン、初めての感想は？」とエリザベスが訊いてくる。

「自分では意識してなかったですけど、緊張してたみたいです。疲れました」

「最初は誰でもそうよ」

「でも海面に出てきた時は正直助かったとほっとしました」

横からスミスが会話に入ってくる。

「ケン、何年やっても何十回潜っても海面に出てきた時は、ほっとするんだ」

「スミスさんでもそうなんですね」

この海溝に来て、あっという間に8カ月が過ぎた。ある夜、調査船のデッキにいるとエリザベスがやってきた。

「ケン、何してるの？」

「海の上は星が綺麗に見えるので、星を見てるんです」

「意外にロマンチックなのね」

「そうじゃないんですけど、昔の人は星を見て航海してたんだなと思って」

「やっぱりロマンチックじゃない！」

「エリザベスさんはなんでこの仕事やってるんですか？」

「海が好きだし、アマンダのやってることをサポートしたいと思うからかな」

「そうですね。使命感みたいなものが僕でも芽生えてきてますから」

「ケンは海底遺跡探しをしたいんでしょ」

「そうですね」

「お宝さがしとかだったりして」

「近いかもしれません」

「そうなの？　海底でなくてもトレジャーハンターは昔からうまくいってないし、見つけても幸せになった人は少ないんじゃないかな」

「みつけて金持ちになりたいとかは全く思ってないんです。そこに確かにあったということが重要なんです」

「フーン、そろそろフロリダに戻るし、アマンダと話してみればいいんじゃない。彼女は遺跡調査も何度も参加しているし、ケンがやりたいことをぶつけてみれば」

「エリザベスさん、ありがとうございます」

「私は部屋に戻るね」

「僕はもう少し星を見てます」

「おやすみ」

「おやすみなさい」

星を見ながらいつアマンダに話そうか考えている。アマンダは多忙で、いつもフロリダの研究所にいるわけではないし、研究所にいる時はいる時でスケジュールは埋まっている。それでもフロリダに戻ればチャンスはあるなと思いながら、満天の星を見上げていた。

あっ、流れ星だ。

6

フロリダの研究所に戻ると、京子を通して、真おじさんから揚州で会ってほしい人がいるので、揚州に行ってほしいという話がきた。断ると変なので、すぐ揚州に行くことにした。京子だけでなくクリスもロバートもジェイも一緒だ。ジョンは、今回は来られないようだ。

揚州は、揚子江が流れている南部の要衝地区であり、南京にも近い。歴史的に見ても商業の発展していた地区であり、豪商が昔からいる街だ。マルコ・ポーロが3年間総督としていたためマルコ・ポーロ記念館もある。

今回会う人は大明寺の僧で、先祖もずっとこのお寺の僧だったそうだ。

揚州泰州空港でみんなと待ち合わせ。まずクリスとロバートが一緒にやってきた。クリスが僕の顔を見て、さすが海の男は黒いなと冷やかす。ロバートは横で爆笑している。そのあとすぐにジェイがやってきた。そして1時間遅れで京子も来た。京子に会うのも久しぶりだ。まずホテルに向かいバーで集まる。

「今回もキョウコのお父さんが手配してくれたんだろ」

「クリス、そうよ。パパが一生懸命探してくれたんだから。誰かさんが、フロリダの海で遊んでいる時に」

「遊んでいたわけじゃないよ」

「キョウコの言いたいこともよくわかるさ。ケンがフロリダに行くのは唐突だったもんな」

「みんなに相談しないで悪かった。でも深海調査艇も通常2年の研修のところ、1年弱で操作できるようになったし、海での調査をする知識やスキルはかなり身についた」

「明日なんだけど、早速、大明寺に行って、パパが探してくれたお坊さんに会います。車で15分もあれば着くので、10時15分前にロビーで集合ね」と京子が言ってみんな部屋に戻った。

次の日、大明寺に行く。とても近い。15分もかからずに到着した。入口の立派な門のところに若いお坊さんがいる。そのお坊さんに連れられて大明寺の境内に入っていく。奥に鑑真記念堂が見える。ここでも鑑真はやはり日中友好の象徴らしい。鑑真が日本にこの大明寺から来られたのは6度目の挑戦の742年のことであり、千年以上も前の出来事だ。それが現代において2国間の友好の象徴だということは本当に凄いことだと思ってしまう。そんなことを思っていると大きな塔が見えてくる。これは棲霊塔という、日本で言うと九重塔だ。700年代にいたあの詩人の李白もこの塔に登ったそうだ。当時の塔は、燃えてしまったそうだが。偉人のことばかり考えていると小さい寺務所に通され、いよいよご対面だ。

しばらく待つと部屋に入ってきたのは、60歳を過ぎた感じのお坊さんだった。いかにも高僧という、品と落ち着きのある方だ。

「ようこそ大明寺にいらっしゃいました」

「僕がケンです。こちらは、クリス、ロバート、ジェイ、そして京子です」と紹介する。

「マルコ・ポーロのことを訊きたいそうですね」

「はい。こちらのお寺にもいらしたことがあると思うのですが」

「みなさんもご存じだと思いますが、マルコはこの地に3年間総督として赴任されてました。もちろんその当時、このお寺にも来てらっしゃいます」

「その頃のことが書かれた資料はあるのでしょうか？」と間髪入れずに僕は訊く。

「マルコの時代からこの寺は何度も火事にあい、多くの資料や貴重な経典も消失してしまいました。そのため、詳細な資料は何も残っていません」

「マルコがこの寺か僧に何かを渡したという話は知らないですか？」とクリスも前のめりになって訊く。

「何かをいただいたとか預かったという話は何もありません」

「そうですか」と下を向くクリス。京子もロバートも落胆した様子だ。

僕らは長居をしても何も新しい話は聞けそうにもないので、お礼を言ってホテルに戻った。

その夜、今後についてみんなで話しあうことにした。ここで探しても3枚目の板が見つからないことは僕だけが知っていることだが、みんなをだましている罪悪感があって一刻も早くフロリダに戻ってアマンダと話をしたかった。

「みんな揚州まで来てもらって悪いけど、大明寺でも収穫は全くなかったし、このまま、いても無駄だと思うので、今回はこれで解散しよう」と僕が口火を切った。みんなが見る見るうちに不満な顔になってくるのが手に取るようにわかった。

「健、あなた私たちに何か隠してない？」と京子がきつい口調で言う。

「なんで」と僕が言うと、今度はクリスが、

「俺もおかしいと思う。今までと違って、探してやるという情熱が全く感じられない」と言うとロバートも力強くうなずいている。

「明日きちんと話すから、今日は休ませてくれ。また、明日話し合おう」と言って、この場は切り抜けた。さて、どうすればいいのか。アリーの言った裏切り者がこの中にいるということは気になっている。でも、京子が言うように、みんながいなければここまで来られていない。命がけで一緒にやってきたのも事実だ。みんなに全部言うべきだな、明日言おう。

7

朝起きると、想像もしないジェイからのメッセージが携帯に入っていた。

「ケン、キョウコを人質にとった。この地図にある場所に1人で来い」

メッセージの意味が理解できず混乱していたが、とにかく地図の場所に向かった。その場所は、ホテルから南にある高崇寺だった。ジェイがアリーの言う裏切り者だったのかよくわからないが、とにかく京子を助けなければ。車を飛ばして、高崇寺に着く。切り立った山にある寺だ。そこの急な階段を登っていく。登りきると、開けた空間が広がっている。

どこにいるのかキョロキョロしていると、奥の方から声が聞こえる。

「ケン、こっちだ」ジェイの声だ。声の方に行ってみる。境内の隅にジェイと京子が2人並んで立っているのが見えた。

「卑怯だぞ」と2人に近づきながら叫ぶ。

「もっとこっちこい」とジェイ。京子は後ろで両腕を縛られている。口にも、さるぐつわがされている。見た感じでは、外傷はないようだ。

「京子を放せ」

「それならジパングの場所を話せ。もう場所の位置がわかったことは、知ってるんだぞ」

「まだだ」

「嘘をつくなら、ここからキョウコを落とす」と言ってジェイは、京子を崖の方に連れて行く。

「待て！」

「言うか」

「わかった」と僕が言うと、ジェイはスマホを片手で操作しだした。スマホで録音しようとしているようで、スマホをこちらに向けようとした瞬間、京子が暴れてジェイを足で攻撃する。ジェイは、不意を突かれてスマホを落とした。

「京子やめろ、ジェイはカンフーの達人だ」と叫んだが、すでにジェイは反撃に入り、キックを京子にあてようとするのを京子も足で応戦する。

「あっ」と僕が叫んだが、2人ともバランスを崩して崖から落ちた。

あわてて崖まで行くと、京子はかろうじて崖の上から3m下あたりで草を掴んでいる。腹ばいになって手を伸ばすが、届かない。僕も木に掴まり、体を崖に出し、手を伸ばす。京子の手に触れたが、手全体で掴むにはまだ足りない。

「京子、手を伸ばせ」京子は必死の形相で、左手で草を掴み、右手を伸ばして僕の手を掴もうとしているが、届かない。

「健、届かない。手が限界になってきて駄目かも」

「何言ってるんだ。頑張れ」

「健、一緒に冒険できて楽しかった」

「あきらめるな」と言った瞬間、京子の指を掴めた。中指と薬指だけだ。でも指が重みではずれていく……京子は「バイバイ」と言って落ちていった。

「京子！」と叫んだが、僕はすでに涙があふれていた。

お嬢さんだと憧れていた小さい頃のことやここまでジパングを探してきたことなどが走馬灯のように浮かんでは消えていく。

とても大事な人を失くしてしまった……。腹ばいになったまま、頭が真っ白で動けない。

下から何か声が聞こえる。

「健、下を見て！」京子の声だ。もう一度、崖の下にのりだしてみると、さらに5ｍほど下のちょっとした窪みに京子がいる。

「京子、大丈夫か」

「えっ、健泣いてる？　声が変だよ」

「泣いてなんかいないさ」と涙をぬぐう。

「まあいいいけど、ここは少しスペースがあるから、早く助けに来て」

「わかった。そこのお寺に何かないか訊いてくる。待ってろ」

そう言うと、僕はお寺に飛び込み、大声で、助けてくださいと何度も叫んだ。しばらくするとお坊さんが出てきたので、事情を説明して、救急車を呼んでもらった。それに丈夫なロープがないかと訊くと、あると言ってすぐに持って来てくれた。それを持って、崖に戻る。大きな木にその10ｍほどのロープを括り付け何度も体重をかけて耐えられるかを確認してから、ジョンに教わった山を下りる要領で、京子のところまで行く。京子をおぶってしっかり固定して、ロープをたぐりながら、崖を上る。重くてロープが体に食い込み痛いが、必死にのぼるとやっと着いた。京子を助けたという安堵感の次に全身にわたって痛みがきて、放心状態になった。

「健、やっぱり泣いてたんだ」と顔を覗き込んだ京子が、急に僕を抱きしめてきた。えっと思ったが、体に力が入らない。京子はさらに力を入れてきた。

「痛い」と僕が言うと、

「ごめん」と腕を離し、京子は笑顔を見せた。僕はうれしいやら痛いやらで反応できない。

救急隊や救急車も到着した。

「健、ジェイも下まで落ちてないよ。木が茂っているところに落ちて、私のところから見えた」

その話を救急隊に伝えると、ジェイを救いに救急隊が動き、1時間もかからないうちにジェイも担架に乗せられて崖の上に上がってきた。僕はそこに駆け付け、ジェイに声をかけた。

「ジェイ、なんで」

「ケン、俺が間違ってた。キョウコは大丈夫か？」

「大丈夫だ。お前の黒幕は誰だ」

「俺が所属している上海の組織だ」

「その組織とセバスチャンやマリアは関係あるのか？」

「そいつらと関係があるのかは、俺は知らない」

「そうか……なんでこんなことしたんだ、金のためか？」

「ああ。前にケンとしゃべった時におまえが黄金について興味がなく、見つけたらすぐに世界に公表すると思った」

「ジパングの場所を知ってると言ったのは、どうしてだ」

「ケンはすでにジパングの場所を発見したから、キョウコを誘拐して訊き出せと指示された」

僕が、ジパングの場所がわかっていると思っているのはアリーだが、その黒幕は誰なのか、気になったが考えてもわかるはずもない。

ジェイは鎖骨やあばら骨を折っているようで、そのまま病院に搬送された。

僕も京子も一応病院に運ばれたが、２人とも軽傷だった。そこに、クリスとロバートもやってきた。

「ケン、キョウコ。大丈夫かよ」とクリスが心配そうに話す。

「大丈夫よ」と京子が元気に話すと、

「良かった」とロバート。クリスも安堵した表情に変わる。

「健が隠し事してたんだよ」

「隠し事？」とクリス。

「みんな、ごめん。明日、話をさせてくれ」と僕は頭を下げる。

その日は、そのまま病院を出てホテルに戻って、体を休めた。

8

次の日、みんなを僕の部屋に呼んで、今までの経緯を説明した。

「みんな、ごめん。実はもう3枚目の白い金の板を持っているんだ」

みんなは驚きの表情で、沈黙している。

「スマトラ島でアリーから2枚の板を奪還した時、アリーは3枚目の板を持っていたんだ」

「どういうこと？　なんでその時、3枚目も手に入れたと言ってくれなかったの？」と京子は怒りだす。

「アリーが、この中に裏切者がいると言ったんだ。それで、みんなに黙っていた。ごめん」

「ケン、ひどくないか。アリーの言葉を信じて、俺たちを疑ったのか、ありえないよ」とクリスは吐き捨てるように言って立ち上がると、僕に掴みかかってきた。僕を一発殴り、さらに倒れた僕に乗しかかってくるのをロバートが止め、僕らを引き離した。

「命がけで協力してきたんだぞ。許さない」とどなるクリス。

「でも実際にジェイが裏切者だったわけだから」とロバートがフォローしてくれた。

部屋を出て行くクリス。ロバートもクリスのあとを追う。呆然と2人を見送る。頬の痛みより心の痛みの方が大きかった。

ちょっと間があって、京子が、

「それじゃ、もしかして、もうジパングの場所もわかってるの？」

「羅針盤に3枚の板を差して、示した場所はわかってる。フィリピン沖の海の島だが、現在はない」と僕が答えると「だからフロリダの海洋研究所なんだ。つながった。マリアさんは知ってるの？」と京子がまだ怒りながら突っ込んでくる。

「いや、知らない。迷ったけど、言ってない」

「そうなんだ。それで、これからどうするの？」と京子は少し怒りがおさまった口調で言う。

「黙ってて悪かった。もう一度、一緒にやってくれないか？」と頭を下げる。

しばらく沈黙が続いた。その間、京子の顔が色々変化していた。

「考えさせて。パパにも報告しないといけないし」

僕は涙が出てきた。泣いてる場合じゃない。クリスとロバートにちゃんと謝らないと駄目だ。部屋を飛び出して、クリスとロバートの部屋に行く。何度、チャイムを鳴らしても出てこない。メールやショートメッセージにも反応してくれない。ちょっと時間をおいてから話そうと考えて、2時間経ってから、部屋に行ってみると、清掃をしている。清掃員に訊いてみると2人はチェックアウトしたそうだ。僕もチェックアウトしてすぐ追いたかったが、京子を置き去りにできないし、日を改めて北京で話そうと考えた。

次の日、京子は東京に戻り、僕は北京に向かった。

9

大学の寮に着く。懐かしいはずの寮が僕を拒んでいる城壁のように感じる。クリスとロバートは2人部屋に移動していたが、すぐわかった。2人の部屋のドアをノックし、飛び込む。ロバートだけがいた。

「ロバート、クリスは？」

「ケン……」

「2人に謝りに来たんだ」

「クリスはお母さんの調子が悪くて、実家に戻った」

「そうなんだ。まずはロバートに謝る、僕が悪かった」と頭を下げる。

「ケン、俺は大丈夫だよ。クリスは、まだ怒ってると思うけど」

「クリスに会いに行く。住所わかるか？」

「わかるよ」と言うと、ロバートが携帯で住所を見せてくれた。僕が行こうとすると、

「一緒に行くよ」と言って、ロバートはもうバッグを持っている。

タクシーも日本に比べて安いので、今回はタクシーを使うことにした。

「クリスのお母さんはどこが悪いの？」

「胃腸の調子がずっと悪いらしい」

高速に乗って1時間ほど北に走ると、クリスの実家がある町に着く。大きなビルがない古い町だ。クリスの家は昔ながらの一軒家だった。予想はしていたが、クリスは怒っていた。

「何しに来たんだ」

「クリス、謝らせてくれ、話をさせてくれ」と頭を下げる。

「ふざけんな」

「疑って悪かった」

「まず経緯を説明しろ」

「アジトに踏み込んでアリーに返せと言った時、アリーは2枚だけでなく3枚目も僕に渡し、『気をつけろ、お前の仲間にこちらに情報を流している裏切者がいる』と言ったんだ」

「それでアリーの話を信じたのか？」

「今までおかしいと思ったことが何回かあった。それで……」

「キョウコが教えてくれたけど、もうジパングの場所もわかってるんだってな」

「ごめん」

「大明寺に行ったのは無駄だったわけだ。金も時間もかけて行ったんだぞ」とクリスは怒りが再燃してきたようだ。

「本当に悪かった」

「ロバートは、まだニシキヘビに絞められた腕に後遺症があるんだ」と怒るクリスの腕をロバートが軽くたたく。

「クリス、でもジェイが裏切者で、アリーの言ったことは本当だった」

「ロバートは優しすぎる」

「クリス、ロバート、嫌と言われても仕方ないが、もう一度、チームとして一緒にやってくれないか？」

「今、それどころじゃないんだ」

奥から、人が出てきた。

「クリス、何を大声で話してるの。お友達なら中に入ってもらいなさい」

「お母さん、大学が一緒のロバートとケン」

「息子がいつもお世話になってます」

「こちらこそ、お世話になってます。お母さん、胃腸が悪いとお聞きしたので、休んでいてください」と僕が言うと、

「2人はもう帰るからいいよ」とクリス。

「クリス！　何があったかはよく知らないけど、友達が誠意を見せているのだから、あな

たも誠意で答えないといけないわ」

「でもケンが大事なことを黙っていたんだ」

「それでも謝りにわざわざここまで来てくれたんでしょ」

「そうだけど……」

「お母さん、僕が悪いんです」

「とにかく上がってください」

　そう言うとリビングに促され、クリスのお母さんも話の中に入って、4人で話をした。夕食の時間が近づいてきて、クリスに何かを近くのスーパーで買って来なさいと指示するので、僕が胃腸にいい薬膳料理を作りますと志願した。クリスとロバートと3人でスーパーに行って買い出しを行い、胃腸にいい薬膳料理を3つ作ることにした。メインは体も温まるので、野菜ときのこがたっぷり入った鍋にする。母のレシピをどこでも作れるようにネットにアップロードしておいたのだ。基本は、母のレシピ通り作るのだが、台所も上海料理の調味料も多かったので、少し甘めに作った。これが、クリスのお母さんにも好評で良かった。他の日もクリスでも作れるように5品ほど、レシピを教えておく。

　食事が終わると、クリスが僕のところに来て、薬膳料理のお礼を言ってくれた。そして、もう一度、チームに戻ってくれることになった。本当に良かった。僕は嬉しかった。

　クリスが真顔で質問してくる。

「それで、3枚揃えて、どこを指したんだ」

「京子に訊いてないのか?」

「それは直接ケンに訊けと言われたよ」

「そうか、フィリピン海溝付近だ」

「へー、フィリピン海溝付近か。海溝っていうからには深海だな」

「ああ、そうだ」

「それでケンは海洋研究所にいるわけだ」

「うん、そこで潜水艇の操作や深海遺跡調査について学んでいる」

「そういうことか」

その日は、ロバートと2人で寮に戻った。

10

次の日、僕は張先生に会いに行った。朝はいつも同じ時間に道場で太極拳をするのが日課だ。道場に行ってみると、やはり張先生は太極拳をされていた。私の顔を見ると笑顔でうなずくが、そのまま続けている。僕も久しぶりに、その動きに加わり、一緒に太極拳を行う。北京に来た頃のことを思い出した。一通り終わると、僕のところにやってきた。

「ケン、久しぶりですね」

「先生、ご無沙汰してます」

「顔つきが変わりましたね。色々と成し遂げてきた自信が表れている」

「いえ、先生、まだまだです。昨日も怒らせた友達とお母さんに薬膳料理をふるまって何とか修復して帰って来たくらいですから」

「薬膳料理？」

「はい、母が薬膳料理を作ってまして、僕もそのレシピ・ノートから薬膳料理を作ることがたまにあります」

「私にも何か作ってくれないかな」

「今ですか？」

「そうじゃ」

冷蔵庫を開けてみると、卵と鳥肉と野菜があった。本当は時間をかけて煮込んだ方が良いのだが、チキンスープを作ることにした。煮込んだ方が美味しいのですがと言い訳を言いながら出したが、これは美味しいと言って食べてくれた。

「そのあとは、どうかな」

「父の行っていた調査を僕が引き継いでやってます」

「それは良かった。どんどん前に進むのも重要だが、時々止まって、俯瞰して今の位置がどこか確認しながら進むといい」

「先生、ありがとうございます」

「何か気になっていることがあるようだな」

「確かに前に進むために気になっていることがあります」

「それをまずクリアしなさい」

「ありがとうございます」

食事が終わり、先生に一礼して道場を去った。

11

東京に行って、京子と真おじさんと今後について話さないといけない。

京子が真おじさんに会う前に2人で話したいと言ってきた。

小さい頃、遊んだ近所の公園で会った。

「体の調子は?」

「大丈夫」

「それは良かった」

「パパに会う前に2人で話したかった」

「うん」

「結論としては最後まで一緒にやる。パパも同じ考えだから」

京子は厳しい顔になっている。

「でも、どうしても納得いかない。なぜ私だけに本当のことを話してくれなかったの？　他のメンバーとどうして一緒なの。私が、私が、裏切るわけないじゃない」声が震えている。

「悪かった」

「謝ってほしいわけじゃない。健の気持ちが知りたいの。私は特別じゃないの？　他のメンバーと距離感一緒？　そこが聞きたい」どんどん怒ってきているのが表情と語調でわかる。

「それは……」

「正直に言ってほしい。昔から少し距離を置いてる感じがしてた」

「京子は裕福な家庭で、僕の家庭と違いすぎる。いつもみんなに囲まれている人気者の京子と僕とでは仕方ないだろう」

「そんな風にずっと思ってたんだ。悲しいし、寂しい」

「ごめん」

「崖から落ちそうになった時、健が必死になってくれたよね。あの時、すごく嬉しかったし、健は大切な人だと思った」

「それは僕も思った。京子は僕にとって特別だと。本当だ」

「それが聞けて良かった。調査を続ける条件として、約束して」

「えっ、何を？」

「私が健の特別な存在だということ。これから距離を縮めるということ」怒った顔から、いたずら顔に変わっていた。

「約束する」と言うと、京子が近づいてきて唇にキスをした。驚いて固まっている僕を見ながら「パパが待っているから行こう」と言って、どんどん歩いていく。

京子の家に着くと、真おじさんが玄関で待っていた。

「お久しぶりです」

「元気そうでよかった」

「京子さんを危ない目にあわせてしまって、本当に申し訳ありませんでした」

「もういいよ。京子も調査を続けたいと言ってるし、私も引き続き支援していくから」

「ありがとうございます」

「ジェイ君はどうなった？」

「体はだいぶ良くなったようです」

「彼も脅されてやったんだろうから」

「真おじさん、ジェイを許してくれるんですか？」

「私は許さない」と横から京子が強い口調で言う。

「事情を聞くと、彼にも同情するところがあってね」

「パパは優しすぎるよ。娘が死にそうだったんだよ」

「……」

そのあと、真おじさんと思う存分飲み明かして、今後の調査について盛り上がった。京子は横であきれていたが、楽しそうだった。

12

次にやることは、ジェイと話すことだ。北京に戻ってジェイと連絡をとった。

そして、夜にブリックスでジェイと会うことになり、待ち合わせ時間通りに、彼はやってきた。

カウンターに座って、僕を見るなり「本当に悪かった」と頭を下げた。

「詳しく話してくれ」

「本当に情けない話なんだ。父が借金して、息子と一緒に住んでないから逃げても大丈夫だと思ったらしく、音信不通になったんだ。それで借金取りが来て、返せないなら代わりに言うことをきけと指示された」

「それはいつから？」

「雲南で会ったのは偶然じゃない。あの暴漢も、あいつらが用意したやつらだ」

「なるほど、僕を襲わせて、それをジェイが助けてチームに潜り込むというシナリオだったわけだ」

「そうだ。それにケンの大学との共同研究。あれも共同研究費を払うスポンサーをその会社の関連会社がやったので、すぐケンの大学に来られたんだ」

「そういうことか」

「借金の契約書や返済した資料は持ってきた？」

「ああ。持ってきたよ」とジェイが資料を僕に渡す。

契約書を見るなり、違法金利だということがわかる。これだと返済しても返済しても完済できない。

「ジェイ、こんなの違法で無効な契約書だよ」

「こういうのは苦手で……」

「工学博士だからね……少しこれ借りるよ」

次の日、大学のクリスとロバートの部屋に行った。

「クリス、ロバートに頼みがある」と言って、ジェイからもらった資料と昨晩家に帰って調べた上海の闇金融会社の資料を渡した。

「これは……」とクリス。

「ジェイの父親が借金していた上海の闇金融会社の資料だ」

「それで？」とロバート。

「おい、俺たちを裏切ったジェイを助けたいのかよ」

「ああ、クリスだって一緒に道具とか作っていた時、楽しかったんじゃないか？」

「そうは言っても、キョウコもひとつ間違えば死ぬところだったんだぞ」

「わかってる。でも、昨日会ったけど、やっぱり裏切者と思えないし、助けたい」

クリスはしばらく考え込んで言う。

「お前、どこまで人が良いんだ。キョウコだって絶対許さないだろ」

「京子は僕が説得する」

「わかったよ。それでどうしたいんだ」

「どう見ても違法な会社だ。クリス、ネットから侵入して、データベースをハッキングできないかな」と言うと、クリスはもうネットでこの会社のＨＰを見ている。

「セキュリティが滅茶苦茶弱いので、簡単にやれると思う。それで、やってどうするの？」

「データをしかるべきところに出して、悪事を公にする」

「わかった。すぐとりかかるよ」

なんと次の日にはクリスから連絡が来て、データはもう手に入ったとのこと。ジェイを呼び出し、クリスとロバートにも会って裏切ったことを直接謝ってもらった。そして、ハッキングしたことのお礼もだ。2人とも快くジェイを受け入れてくれた。本当に良かった。

「ケン、このデータをしかるべきところに出してと言ってたが、具体的にどうやるんだ？　まさか警察にメールとか送るんじゃないよな」とクリス。

「実は、どうするか悩んでるんだ」

「ハッキングして得たデータだぞ。そんなもん警察に送ったって相手になんかしてくれないぞ」

「クリスの言う通りだよな」と僕がうつむくと、

「ケン、ハッキングしたらもっと凄いもん見つけたんだ」とドヤ顔のクリス。

「えっ、それはなんだよ」

「あいつらお年寄りをだまして詐欺をしてる。これをうまく警察に通報できれば間違いなくあいつらを逮捕してもらえる」

「そうか、それはいいな」

「でも、どうやってやるかを考える必要がある」

しばらく沈黙が続き、ロバートが言った。

「みんな持ち帰って考えようよ」

「そうだな、ジェイも恐縮してないで自分のことなんだから考えろよ」とクリス。

「みんなありがとう」

その日は解散して、３日後に集まることになった。

３日経って、もう一度、みんなで集まると、クリスが紙の資料を配り出した。

「ケン、これを見てくれ。ジェイと俺とでプランを作ってみた」

資料を見てみると、実際に上海に行って、詐欺集団をどうやって警察に検挙させるかの計画が書かれていた。その計画にはクリスとジェイがカメラ付き小型ドローンをさらに改良し、昆虫型のものを作ることまであった。

「昆虫を何にするかでジェイともめたんだよ」と笑いながらクリスが言う。

「どうして？」と僕が訊きかえすと、

「ジェイは、最初は蝶がいいと言うし、それは駄目だと言ったら、ハエとか蛾とか言うので、それも駄目だと言ったんだ」とクリスが言う。

「クリス、なんで、今言った昆虫は駄目なの？」とロバート。

「蝶は綺麗だから注目を浴びてしまうし、ハエとか蛾は嫌いな人が多くて追い払われる可能性が高いからだよ。とにかく、できるだけ気にならない昆虫にしないとね」

「それでカナブンなんだ」と僕は感心した。

この計画を実行する前にやらないといけないことが、もうひとつある。京子の説得だ。

すぐビデオ会議をする。

「京子、どうしても話さないといけないことがあるんだ」

「何？」

「ジェイのことだけど」

「会ったの？」

「会った」どう言おうかと逡巡していると、

「ジェイを許せということ？」

「なんでわかるの」

「健のことはわかってるつもり」

「相手は違法な闇金融会社で、やつらをやっつけてジェイを救う計画を立てたんだ」

「また私の知らないところでそんなことやってる」

「ごめん、でもこの間も許さないって言ってたから」

「今、話してくれたからいいわ。計画の詳細をあとで送って」

「ジェイを許してくれる？」

「いいよ。ジェイと一緒に落ちる時、しげみの方に私を押してくれたのはジェイなの」

「そうだったんだ」
「私を助けたいと思って押したんだと思う」
これで思いっきり作戦を実行できる。

13

上海には初めて来た。大きな都市には2つの国際空港があるところが多い。この上海にも古くからあって、市内の中心に近い虹橋空港と郊外に新しくできた浦東空港だ。僕らは、この浦東空港に着いたが、リニアに乗って400kmを初体験して、10分程度で市内に着いてしまった。恐ろしく速い。そこからは、ジェイに案内してもらい安いホテルに泊まった。北京も大都市だが、上海の方が華やかだ。昔から港町で外灘と呼ばれているエリアは、横浜や神戸と同じようなモダンな建物が多い。上部に大きな球体があるテレビ塔は未来都市のような雰囲気を醸し出している。

高利貸しの詐欺集団をやっつける作戦は、僕とジェイが上海に行って、クリスは遠隔で実施することにした。この件は京子には言いにくかったので、内緒で実行することにした。

やつらのサーバーには、クリスが常時侵入できるようになっていて、電話を老人にかけているアジトやお金を受け渡す場所などもわかっている。

みんなで作った失敗しないプランをいよいよ進める日が来た。まずは、カメラ付きカナブン型ドローンを飛ばし、電話をかけているアジトの窓から潜入成功。これでアジトの様子はリアルタイムで把握できるし、録画もできる。次は、詐欺集団を捕まえる警察の担当部署に匿名で電話をして、詐欺集団の一味だが良心の呵責を感じて密告すると言って、次に行われる老人からお金を受け取る場所を教える。

もうひとつ作ったカナブン型ドローンを受け渡しの公園に飛ばす。その映像をスマホで僕とジェイが見た。

「ケン、公園に警察らしい人がいるな」

「ああ、大丈夫だろ」

「ケン、ジェイ、受け子は、もう事務所を出て、そろそろ公園に着く頃だぞ」とクリスからだ。黒のバイクに乗る受け子の写真まで送ってくれている。

「ケン、あれじゃないか?」と公園にやってきたバイクをジェイが指さす。

「あれだな」

「あっちから、おじいさんも公園に入ってくるぞ」

老人が指定された公園の中のブランコに近づいていくのを見て、受け子が動き出した。私服警官も受け子を意識して静かに動き出している。そして、おじいさんが受け子にバッグを渡す瞬間、5人の警官が受け子とおじいさんを囲んだ。

「やったぞ！」とジェイ。

「やったな」と僕も興奮する。

「最初の作戦は成功したな」とイヤホンからクリスが言う。ロバートの喜ぶ声も聞こえる。

受け子は逮捕され、おじいさんは何が何だかわからない顔だったが、警官に説明されて自分が騙されていたことを知ったようだ。何度も警官に頭を下げている。

「さて、ケン、次のプランを実行するぞ」とクリスが叫ぶ。

「頼むぞ」と言うと、

「今メールしたぞ。逮捕された受け子もいるアジトの様子がわかる動画をね」

クリスは、間髪を入れずに、カナブン型ドローンで撮影したアジトの様子と本社を記したファイルを担当の刑事さんに送ったのだった。

1時間もしないうちに警官がアジトと本社に大挙して乗り込んでいく。

「こんな逮捕劇をリアルで見られるなんて最高！」とクリスが大きな声で叫んでいる。ロバートは大きな手で拍手をしている。ジェイは涙ぐんでいる。

「ジェイ、やったな」と僕が言うと、

「ケン、クリス、ロバート、みんなを裏切ったのに本当にありがとう」ジェイが深々と頭を下げた。

違法な高利貸しも発覚し詐欺集団は一網打尽となった。

作戦は大成功に終わり、ジェイは借金から解放された。弁護士をたてて違法だと主張しても解放されたとは思うが、悪い奴らなので報復してくる可能性もあり、徹底的に叩こうと話し合って、こういう作戦を立てたのだ。

「みんな、本当にありがとう」僕とビデオ通話の画面にいるクリスとロバートにジェイが改めて頭を下げる。

「ジェイがいないとインテリジェンスな秘密兵器を作れなくて、ケンが困るしな」とクリス。

「ジェイ、僕たち友達だろ」と肩を叩くと、ジェイは涙ぐんだ。

いきなりどこかの映像がモニターに映し出される。

「これ、どこ?」とジェイ。他のみんなも唖然と見ている。

映像は、警察署のようだ。それも警察の偉い人の部屋らしい。そこに、ひとりの紺のスーツ姿の長身の女性が入ってくる。その偉い人が入ってきた女性と握手する。音声がよく聞こえないが、お礼を言っているようだ。そして、その女性がカメラの方にゆっくり振り向く。

その女性の顔を見て「えっー!」とみんな驚いた。その女性はなんと京子だった。

「忙しい警察に匿名で動画を送りつけても見てくれないわよ」と京子。

クリスに京子が作戦を訊いてきて、公園での受け子逮捕劇もアジトの一網打尽も京子が警察の知人に話をしていたのだった。真おじさんの仕事の関係で上海に人脈が豊富にあると言っていたことを思い出した。

「キョウコありがとう。許してくれたと聞いただけでも嬉しかったのに……」とジェイ。

京子は軽くうなずいた。

クリスが雰囲気を変えてくれた。

「ジパング探しはまだまだ続くぞ」

「そうだよ」と僕が言うと、

「任せろ、これから借りを返す」とやっとジェイが強い口調で返事を返してくれた。

「そう来なくちゃ」とクリスが言うと、笑いが起こった。

詐欺集団の逮捕作戦の顛末をジョンに報告したが、参加できなかったことを何度も残念がっていた。

第十章

海洋遺跡調査の開始

1

3人とリスタートが出来て、気分爽快でフロリダに戻ると、エリザベスがやってくれた。アマンダにケンが話をしたいと言ってると伝えてくれたらしくアマンダから、お呼びがかかったのだ。

アマンダの部屋に初めて入ると、昔からの海や海洋生物の写真などが沢山飾られている。その中には海洋遺跡調査のもあった。

「ケンは海洋遺跡調査がしたいんだって聞いたけど」

「はい、フィリピン海溝に行きたいです」

「あのあたりに遺跡があるという話は聞いたことないわ」

「でも探してみたいのです」

「何があるの？」

「アマンダさんに訊きたいのです。遺跡調査に何回も参加されたと思いますが、そこで発見された宝物はどうなってますか？」

「あなた、宝探しがしたいの？　それはやめなさい」

「そうじゃないんです」

「宝探しをやって破滅した人を沢山見てきたわ。陸と海に関わらず」

「やっぱり金が人を狂わせるのでしょうか？」

「お宝探しがしたい人は、金しかないわよ。それで探す費用がかさんで破滅したり、ごくまれに掘り当てて金持ちになってから破滅したりね」

「そういうものですか」

「そうよ、だから宝探しで遺跡探しなんて馬鹿げてる。賛成できないわ」

「そういう方じゃないと話す気にならなかったことがあります」

それから僕は、アマンダにこれまでの経緯や僕の系譜やマルコの3つの色の金の板の話を写真を見せながら説明した。アマンダは非常に驚いたが、今まで色々な奇跡に出合ってきたのだろう、僕の話を信じてくれた。そして、フィリピン海溝での調査をやろうと言ってくれた。ただ、どういうメンバーでやるかは慎重にしないといけないと言われたし、研究所内でもアマンダ以外にこの話はしてはいけないとも言われた。アマンダは少し考えてからまた連絡してくれるそうだ。

僕もメンバーのことを考えないといけない。ここまで来たらいつものメンバーで行くべきではと考えていた。そのことをアマンダにぶつけよう。


しばらくして、アマンダの部屋に呼ばれた。アマンダはいきなり話を始めた。

「ケン、この研究所で私はやっぱり誰かをアサインしてこの調査はしたくない」

「どうしてですか？」

「目的を説明しないと調査はできないし、黄金の国の調査だということがわかると間違いなく見つかっても見つからなくても大きな禍根を残すような気がするのよ」

「黄金の持つ魔力ですね」

「そうよ。前にも話したけど、お金の力で罪を犯したり、人生が狂ってしまったりした人を沢山見てきたの。この話は間違いなくそうなるわ」

「僕もあなたに話したかったことがあります。僕には今まで調査してきた信用できる仲間がいます。彼らを呼んで、調査をさせてくれませんか？　そうすればアマンダが言うここの研究所のメンバーを巻き込まずに調査を始められます」

「それがいいかもしれないわね。長年一緒にやってきた仲間なら乗り越えられるかもしれない。実際に見つかったらそのあと、どうなるかは心配だけど」

「ここでそのメンバーで調査をやらせてもらえませんか？」

「まずは、みんなここに来られるの？」

「訊いてみます」

「それから、海の勉強や訓練をしないとね」

「はい」

「指導教官は、エリザベスにやってもらうわ」

「ありがとうございます」

「でも、エリザベスにも余計なことは言ってはいけないわ」

アマンダの許可がとれたので、京子、クリス、ロバート、ジョン、そしてジェイにもこの話をした。ジェイとジョンは、長い間、留守にすることが無理なためフロリダに来ることは断られた。ただ、２人とも後方支援をするということで情報は常に共有していくことになった。

クリスとロバートは１カ月程度、京子は２カ月程度で合流できるのだが、同じタイミングで勉強や訓練をしないとならないので、統一して２カ月後に集合ということになった。

いよいよジパングの調査が始まると思うと胸が高鳴ってくる。

2

2カ月が経ち、3人が集まった。

「ケンはこんな場所にいたのか、いい場所だな」とクリス。

「本当よね。気候がいいし、景色も抜群」とバカンスに来た感じの京子。

「早く海に潜りたい」とロバートもにこやかに話す。

「さあ、明日から訓練だ。プログラムを渡すよ。それから、みんなの先生のエリザベスさんだ」

後ろにいたエリザベスが前に出てくる。

「エリザベスです。みなさん、よろしく」

「よろしくお願いします」

「明日は午後からだから、今日はゆっくりしてください」と言うと、エリザベスは去って行った。

「ケン、一杯やろうぜ」とクリス。4人で久しぶりに楽しい夜になった。

次の日から訓練が始まった。僕が行ったように海、潜水、船、潜水艇などの机上学習から実際に潜ったり、泳いだり、船や艇を操作したりといった実践訓練もカリキュラムに従って、どんどん進めていった。まずは、海の知識から、泳ぎや潜りのトレーニング、さらに船の操作や潜水艇の操作などの訓練がカリキュラム通り行われていく。そういうカリキュラムをこなして1カ月くらい経った頃、衝撃的な話がアマンダから入ってきた。アマンダの部屋に久しぶりに呼ばれた僕は耳を疑った。

「ケン、誰かにジパングの話をした？」

「どうしてですか？」

「フィリピン海溝に3艇の深海調査艇が出ているそうよ。ジパングを探しているみたい」

「どうしてわかったんですか？」

「地元の船乗りが何人か雇われたようで、その中の知人が、深海遺跡探しと言われたと証言してるわ」

「まさか……」

「ケンの仲間の誰かが、しゃべったのかもしれない」

アマンダにそう言われて、再びアリーの言葉を思い出していた。裏切者がいる……。

「誰が調査をさせてるのか、調べてみるわ」

「お願いします」と言って、頭をさげてアマンダの部屋を出る。考える時間が必要だった。

何かで頭を殴られたようなショックがあり、冷静に考えられない。自分の部屋に帰って、気持ちが落ち着いてくるのをゆっくり待つ。アリーの言った裏切り者はジェイではなかったのかもしれない。あの時、ジェイを問い詰めてもアリーやセバスチャンのことを知らなかった。裏切り者は別にいるのかもしれない。それでも京子、クリス、ロバートとジョン、そして今はジェイも信じていた。ここまで来て仮に誰かに裏切られていても、この5人だけは信じぬこうと決めていた。

しばらくすると、深海調査をしている会社がわかった。そして、これだけ大掛かりな調査をするとなると、ある人の顔が浮かんできた。京子を部屋に呼んだ。

「健、何？　険しい顔してるけど」

「京子、フィリピンの深海にジパングがあるかもしれないと真おじさんに話したか？」

「また疑ってるの？　ひどいわ」

「今、実際にフィリピン海溝で調査をしてる潜水艇が3艇もいるんだ。それも深海遺跡調査だと言ってるそうだ」

「えっ？」と言った京子の顔に不安の色が広がったのがわかった。

「やはり、おじさんに話したんだろ」

「パパだけには話をした。ここに来るのにパパに理由を告げずにはいられなかったから……」

「そうだよな……この調査はお金がないとできない。真おじさんなら可能だ。それからアリーを僕らにつけたのも、真おじさんだった」

「パパが……パパに訊いてみる」と、か細い声で京子が言った。

「それから、アマンダが調査艇のことを調べてくれたんだ。調査艇を使ってる会社はこの会社だ。京子知らないか？」

京子にその会社の名前が書かれているメモを渡すと、衝撃を受けていた。京子が、真おじさんの貿易会社の手伝いをしている時によく伝票に出てくるフィリピンのパートナー会社のひとつだったからだ。京子はパパを問い詰めると言って、僕の部屋をあとにした。

京子がビデオ通話で、真おじさんと話をしている。京子は凄い形相だ。

「メールしたけど、フィリピン海溝の遺跡調査艇はパパがやったんでしょ」

「なんのことだ」

「とぼけないで。私がパパに健がジパングの大体の場所がわかったみたいって話したじゃない」と京子は顔を真っ赤にして問い詰める。

「それは聞いたよ。だからと言って、その遺跡調査をしているのが私ということにはならないじゃないか」と真おじさんは落ち着いた口調だ。

「パパの会社の仕事を手伝っている中で、フィリピンの会社でパートナーの1社が、今回の遺跡調査してるのよ？　偶然っていうの？」

「京子！」

「正直に言って、もう私に嘘をつかないで。前からパパが健の調査に積極的に協力しているのが理解できないところがあったの。まさかパパがジパングの金が目的なんて思わなかった」京子が涙ぐんで言うと、真おじさんは、

「もう隠せないか……京子、これはそう簡単じゃない話なんだ」とあきらめた口調になった。

「どういうこと？」

「大きな背景があるんだよ。健君を連れて早いうちに東京に戻ってきなさい。２人に危険が及ぶかもしれない」

「今までも危険なことがあったわ。それも関係しているってこと？」

「ああ、そうだ……あれが、ここまできてしまった」

チャットで「フビライの栄枯盛衰とマルコの逡巡」と打つ京子の父。

「フビライの栄枯盛衰、マルコの逡巡？　何それ」

「こちらに戻ってきたらきちんと説明する」

「わかった」

アマンダに、京子の父の真おじさんの話をした。アマンダは、フィリピン海溝も広いし、どの深さの深海にあるのかもわからないので、そんなに簡単には発見できないと言ってくれた。すぐにでも僕も調査に行きたかったのだが、その話を聞いて落ち着きを取り戻した。

京子が真おじさんと話をしたあと、僕に話がしたいと言って部屋に来た。

「どうだった、京子」

「パパが認めたわ」

「そうか……真おじさんと話がしたい」

「パパも健と重要な話がしたいと言ってたわ」

「重要な話？」

「うん、なぜ勝手にジパングを探したのか、大きな背景を説明したいって」

「そうか、何か僕たちが全くわからない話が裏にあるんだ」

「いつ帰れる？」

「早い方がいい。来週帰る」

「わかった。パパにも伝えておく」

3

翌週、京子と2人で成田空港に着き、留守電を聞いた京子が、その場でしゃがみこんだ。

「京子どうした？」

「パパが、パパが殺された」

「えっ？」

泣き崩れる京子にどんな言葉をかけてあげればいいのか思いつかなかった。

とにかく僕がしっかりしないと駄目だ。

「京子、とにかく家にすぐ戻ろう」と手を引っ張ってタクシーに乗り込む。京子は泣き止んだが、沈黙の時間がただただ続く。

京子の家に着くと、複数のパトカーや野次馬で、ごったがえしている。人混みをかき分けて黄色いテープの規制線が張られている場所にいる警察官にここの家の住人だと言って、入れてもらう。いつも荘厳な家が、テレビで見るような怪しい屋敷に見えた。傷心の京子の肩を抱いて家の中に入る。目に飛び込んできたのは、ドラマで見るようなめちゃくちゃに荒らされている部屋の様子だった。いつも綺麗に整頓されている部屋が書類で散乱し、ライトが壊れたり、壁紙がはがされたり、ひどい状況だ。京子は放心状態で、何か刑事に言われてもうなずくことしかできない。僕が横にいて、話を聞いて代わりに答えている。そして一通り話が終わると、2階の京子の父の死体の確認をしてほしいと言われた。京子は見たくないと言うので、僕が代わりに確認をすることになった。そこに横たわっていたのは、胸からのおびただしい血で、衣服が真っ赤に染まった真おじさんだった。いつも自信に満ちた表情のイメージしかない真おじさんだったが、そこにいる真おじさんは紫色した唇でさみしそうな表情だった。こんな変わり果てた姿は京子に見せたくないと思った。

近くのホテルに京子を連れて行く。ショックでほとんどしゃべれない。ホテルに着くと、京子は時差ボケと極度の心労からだろう、ベッドですぐ寝た。ベッド横にある椅子に座って京子を見ながら、ジパングのことで、この殺人が起きたのだと感じた。大きな背景があると言っていたことを僕に知られたくない連中が、真おじさんを抹殺したのだ。警察は物取りの犯行だと言っていたが、現場を見てはっきり違うと思った。なぜなら、2階にいる真おじさんが殺されてから、部屋を荒らしているからだ。殺人をして、それから何かを探したのか、証拠を隠滅したのだと思う。血がついた足であちこち探した跡が残っているからだ。それも複数人の足跡が残っていた。僕が黄金の国の発見に近づいていると思っている人物がいるのだ。

3時間ほどして、京子が目を覚ました。僕を見るなり抱きついてきた。僕も京子を優しく包み込みたいと思って、腕を回した。何も言わず30分くらい抱き合ったままだったと思う。

京子は、体を僕から離して、はっきりした口調で言った。

「健、パパとの最後の電話のあと、変なフレーズをチャットしてきたの」

「変なこと？」

「うん、フビライの栄枯盛衰とマルコの逡巡」

「フビライのえいこせいすいとマルコのしゅんじゅん？」

京子は起き上がりベッドに腰かけてメモをとり、書き出した。

「フビライの栄枯盛衰とマルコの逡巡」それを僕に渡す。

「これが大きな背景の中の話だってことだね」

「そう、これがどういうことなのか、そしてどういう人たちが動いているのかを私たちに説明したかったんだと思う。それと私たちに危険が及ぶって言ってた」と電話を思い出しながら京子が話す。

「他に真おじさんは何か言ってた？」

「いえ、他には何も言ってなかった」

「そうか」

殺人事件の場合、簡単に通夜、告別式というわけにはいかない。そもそも遺体は司法解剖にまわされ遺族のもとにすぐ戻ってくるわけではない。京子には兄弟もいないため遺産は京子にすべて相続されるが、会社関係も引き継ぎやら整理する必要があるようで、傍で見ていても大変そうだ。それに僕が全く力になれない領域だ。

1カ月後、やっと告別式を行えた。さすがは世界を相手に貿易会社をやっていただけに世界各地から弔問に訪れる人が絶えなかった。500人は優に超えている。京子は喪主として気丈にふるまっていたが、疲労困憊なのは後ろ姿でもわかる。やっと告別式を終え、火葬し、骨壺を持って呆然としている京子に声をかけられたのは、ホテルに着いてからだ。

「京子、お疲れさま」

「健もずっと付き合ってくれてありがとう」

「当然だよ」


次の日も心配で電話すると、京子の家の庭にいるというので、すぐ向かった。

庭に行くと京子はベンチに座って一点を見ている。

「京子、大丈夫か？」

「健、来てくれてありがとう」

「体調は……」と言いかけたところで、京子が、

「なんでパパが遺跡探しをしようとしていたのかは、会社の整理をしていく中でわかったわ」と激しい口調に変わった。

「どういうこと？」

「私が思っているのと違って、会社の経営状態は良くないのよ。借金も多いし、だからお金のために遺跡探しをしないといけなかったのよ」

「とにかく事件のことは警察に任せて、しばらくはゆっくり休めよ」

京子に事件の背景を調べてほしくなかった。それをすると京子も命を狙われるからだ。

でも京子の反応は違った。

「パパを殺したやつらが憎い。自分で犯人に復讐したい」

「京子、そんなこと考えるな」

僕がそう言った瞬間、京子が突然空手の構えから攻撃してきた。憎しみの形相で――。

「よし、僕でよければ相手になってやる」

京子のレベルはわかっていたつもりだったが、想像を超えるほど上達していた。すぐに足蹴りや左右の連打を浴びる。

「健、手を抜かないで」

これは、まずい。本気で受けないとやられる。気を入れなおして、太極拳で受ける。京子の攻撃をよく見て反撃する。張先生から教わった相手の力を利用する技で対抗する。やっと京子をとらえて地面に押し付ける。京子は暴れるが、しっかり押さえているので、動けない。今にも噛まれそうな激しい表情を向けられたが、動けず悔しかったのか、悲しかったのか、いきなり大声で泣き出した。

「京子……」

「悔しい」

「わかるけど、復讐なんて絶対駄目だ」と強い口調で言った。

京子が下で僕が上にのって押さえていたのだが、ひっくり返されて京子が僕の上に乗って、泣きながら叩かれる。叩き疲れたのか、今度は強い力で抱きついてきた。僕も強く抱きしめ返した。

京子の家のリビングに移動した。

「京子、腕を上げげたな」

「そうでしょ。驚いた？　ジェイと戦って落ちた時、もっと強くなりたいと思ったの」と笑顔になった京子を見てほっとする。

「真おじさんの死がジパングに関係あるなら、僕のせいだ」

「健、それは違う。調べていてわかったけど、パパが見つけたかったのよ。健のお父さんも利用されていたと思う」

「京子はもう調査に関わるな」

「健は全然わかってない。確かに健の言うとおり、復讐するなんてやめる。でも、ジパングの調査はパパの遺志でもあり、健のお手伝いではなく、私も一緒に見つけたいの」

強い意志を感じたし、僕も覚悟を決めないといけないと思った。

「わかった。今日から京子は僕のパートナーだ」

「うん、今度また危険だからはずれろと言ったら、殴り倒すからね」と京子がファイティングポーズをとる。２人で顔を見合わせて大声で笑った。

これから僕は何をするべきなのかをゆっくり考えたいと思ったら、父の調査部屋が浮かんできた。あそこで久しぶりに父に相談しながら考えよう。

4

本当にここに来るのは久しぶりだ。黴臭く、少しじめっとしているが懐かしい。電気をつけて本や資料でいっぱいの部屋を見渡す。僕の冒険はここから始まった。父に今まで起こったことを説明するように今までの経緯をたどる。そして、これからどうすべきなのか、死人まで出てしまった今、ここでやめるという選択肢があるのか、やめたあと、どうなるのかを考える。父の日誌にヒントになる何か書かれてないか読み始める。考古学者になりたての頃の日記は以前にさっと読んでいたが、今は、その頃の父の気持ちや考え方を知りたいと思った。もう一度、初めから読んでみる。

父が考古学者になりたいと思ったのは、テレビでエジプトのピラミッドの番組を見て、実際に行って、決めたのだ。その圧倒的な実物を見て、感じて、それがどうやって作られたのか、どういう目的で作られたのかを解明したいと思ったそうだ。

読み進めると、考古学への決意が読み取れる。「考古学で過去の謎を解明したい。その研究からその当時の文化、人々の生活、権力者像を明らかにしたい。現在にフィードバックしたい」とある。他にも「何故エベレストに登るのかと聞かれて、登山家ジョージ・マロリーはそこに山があるからと言った。私も何故遺跡の調査をするのかと聞かれれば、そこに遺跡があるからと答える」僕の今の気持ちも同じだなと感じる。「真実をつきとめたいという思いは、科学者と全く同じである」とあるが、父の考古学に対するプライドのようなものを感じた。僕は、こういう気持ちを持てるのだろうか。「盗掘者《とうくつしゃ》と出会った。彼らは私たちこそ盗掘者だと言った。地元のものを勝手に研究するために持っていくからだ。生きるために盗掘している者から見れば、そう見えるのも納得がいく。彼らも命がけだ、私も命がけだ」こういう話は重要だ。当事者にとっては、何が真実なのかは180度違うことがある。遺跡調査をする上では、この事を念頭に置いておかないと地元の人を使っての調査はできないのだろう。

父の日記の言葉を噛み締めながら僕の気持ちは固まっていった。どんな困難があっても父が命をかけて探していたジパングを見つける。それが占い師の言ったように不幸をもたらすものか幸せをもたらすものかわからないとしても。それが僕の使命なのだ。

5

フロリダに戻る前に、京子に会う。僕の顔を見ると笑顔で走ってくる。

「健、もう大丈夫よ」と僕が声をかける前に京子から話しかけてきた。

「そうか、良かった」

「本当に1人になっちゃったんだと、この数日で痛感しちゃった」

「僕がいるだろ」

「言ったね」

「えっ？」

「それは、私を彼女にするという告白と受けとったよ」

焦ったが、否定したくなかった。

「そうだ」

そういった瞬間、京子が抱きついてきて、キスをしてきた。

「誓いのキスだよ」と笑顔の京子。また、リードをとられてしまった。

「父の部屋で決意は固まった。調査を続けて、必ずジパングを見つけ出す。父のためにも、真おじさんのためにも」

「私も一緒にやる。ジパングを必ず見つけましょう」

「ああ、必ず見つけるよ」と京子に誓いながら、自分自身の胸に強く刻もうと思った。

6

フロリダに戻り、アマンダに報告する。京子の父の死については、アマンダもショックを受けていた。この調査が危険だということも伝えたが、僕は続けたいという意思も伝えた。アマンダは長年遺跡調査、海洋調査をやってきて、こういう場面に多く遭遇してきていた。僕の覚悟を話した時、最後までやり遂げなさいと言ってくれた。そして、アマンダは引き続き全面的に僕をサポートすると約束してくれた。

そこで、アマンダにフィリピン海溝を調査するスペシャルチームを作りたいと改めて、お願いをした。ここの研究所のメンバーをどこまで信用できるか気がかりでもあったし、僕の仲間のチームで調査を続けたかった。この要請にアマンダも納得してくれた。クリス、ロバートと京子でチームを組むことになり、潜水艇の訓練は、エリザベスが引き続き指導教官になってくれることになった。

京子は来たがってたが、会社をほっとくことはできず、合流しなかった。他のメンバーは、実際にフィリピン海溝で乗船する潜水艇の訓練をし、フィリピンへ移動する。今まで、潜水艇の訓練は基本的にしていたので、あっという間に訓練を終え、僕を入れて3人はフィリピンの方へ移動した。

フィリピンの拠点はミンダナオ島のダバオ市に置くことになった。ミンダナオ島は、フィリピンでルソン島に次いで2番目に大きい島である。パイナップル農場やバナナ農場があることでも有名だ。ダバオ市は元々マレーシアなどの近隣諸国のハブとして機能している中心都市で、戦前に移民してきた日本人も多く日本と関係が深い都市でもある。

ダバオ市に着くとじっとりとした亜熱帯の空気が歓迎してくれる。

「ケン、いよいよフィリピンに来たな」

「ああ、クリスも気合入ってるな」

「もちろん、ジパングを見つけるために命がけで時間をかけてきたんだ」

「そうだな。みんなを巻き込んでしまって」

「自分の祖国の英雄のことでもあるから、自分の意思でここまできた」

「そうか！　ロバートはモンゴル出身だもんな」

「見つかるかな?」

「クリス、京子のお父さんが何カ月にわたって調査しても見つからなかったぐらいだから簡単には見つからないだろう」

「そもそも、フィリピン海溝って言っても範囲が広いし、どのくらいの水深にあるのかもわからないから見つけるのは大変よ」といつのまにか京子、ジョン、ジェイもオンラインで話に参加してきている。

「京子、会社はどうだ」と僕が訊くと、

「なんとかやってるわよ。わからないことが多いから周りに訊きながら一歩一歩ね」

「大変そうだけど、頑張れよ」とジョン。

「ジョン、ありがとう。ジョンはどう?」

「弟たちも大きくなったので、楽になってきた」

「そうなのね」

「ああ。それにしても、相変わらずキョウコ、綺麗だね」

「ありがとう！　朗報としては父の持っていた資料から、3艇でどこを調査して見つからなかったかはわかったの。あとでデータをクリスに送るので確認して」

「キョウコ、サンキュー。これでかなり無駄は省ける」

「クリス、データ入力したら教えてくれ。それを基にどのあたりを調査するかを決めるので」

「ケン、わかった。入力したら教えるよ」

「僕にも何かさせてよ」とジェイ。

「また秘密兵器作ろうぜ」とクリス。

「おう！」とジェイ。

　それから3日もしないうちにデータを入力して、クリスが僕のところに来た。データからわかったのは、深海の底から調査していたことだ。逆に深いところには遺跡のようなものはないようだ。とは言っても、ジパングがあったとされる島の大きさもわからないし、調査はやはり簡単じゃない。ある程度、始める場所を決めて時間をかけて調査するしかない。海の大きさに対して、調査艇が動くスピードは遅く、従って一度の調査でできる範囲は狭い。本当に途方に暮れる作業になる。それでも、調査ポイントを決めて来週から調査を開始することにした。

　調査を始めてから1カ月が経とうとしているが、全く手掛かりになるようなものはない。底で拾い集めたものからもそうだが、島が沈んでいるような跡も全くない。京子は東京にいて映像や採取した土や堆積物の解析を担当している。毎週、会議をしているが、今日は、今までを振り返った形で今後どう進めるかを決める会議だ。全員が、無期限で調査を続けることはできないからだ。毎回会議は、ビデオでやっている。京子、ジョン、ジェイがオンライン参加だからだ。他の3人は作業部屋のミーティングテーブルを囲んでいる。

「それでは会議を始めたいと思う」と僕が毎回口火を切る。

「健、ひとつ提案があるんだけど、なかなか調査が捗らないから、ベネチアに行ってマリアさんに3枚目もみつかり、場所もわかった話をして、マルコの日誌も見せてもらった方が良いと思う」と京子が提案してきた。

「それもひとつの案だとは思うが、そもそもマルコは日誌にジパングのことを詳細に書いているなら3枚の板を別の場所に置いて、羅針盤で場所を示すなんてことをしないわけだよ。そこにマルコの意思があるし、マリアは何かを隠したいようだから全文を見せてくれない」

「それと、ケンはマリアを信用してないいんだよな？」とクリスが言う。

「マリアというか、京子のお父さんを動かしていた黒幕がいるが、それも判明してないし、マリアに言うことで、また危険なことが起こるような気がしてるんだ」

「もしマリアがパパの黒幕なら、パパの死後も調査を続けているんじゃない？」

「それはわからないな。それから、ジェイの上海組織もどう絡んでいるのか、セバスチャンも怪しいが、彼はマリアに気をつけろと忠告している。わからないことが多い」

この日の会議は、こんな形で終わったが、全員に疲労とヒントがないことに対する焦燥感が出て来てまずいなと感じた。そこで、3カ月で何もつかめなかったら一旦打ち切ると宣言した。この期限を決めたことで、みんな前向きにもう一度、調査を進められるようになった。

第十一章

700年の時を超えてジパングにせまる思い

1

まもなく3カ月という時に、ここフィリピン海溝で大きな地震があった。フロリダからは、地震による海溝の状況の調査の依頼も来て、それにあわせて僕らの調査も進めることになった。海底の状況も調べるが、ユーラシアプレートとフィリピン海プレートの間も調査するため、いつもと違う調査艇にも乗り込む。そんなに深く潜らないし、海底の調査ではないので早く進めたりする。ある日、エリザベスからプレートの狭間のところに不思議な形の場所があるから、調査してという指示がきたため、そこに出向く。ここは、500mくらいの深さでいつも潜っている3000mから5000mと比べれば水面にかなり近い。そこに行ってみると、確かにプレートの壁から大きな突起物のように出ている箇所があり、今回の地震でも崩壊が見受けられた。フロリダ本部に報告するとその周辺を重点的に調査してくれという指示がきたため、しばらくその突起物周辺の調査に専念することになった。その壁からでているような感じの突起物だが、突起物といってもプレートの壁から縦に15㎞、横に20㎞もあり、かなり大きい長方形である。ちょうどこの突起物の真ん中あたりが一番隆起しているような形状である。

2

地震調査でこの突起物やプレートで崩落した土壌物を採取した結果があがってくると、この突起物はプレートから出てきたものではなく別なところでできたもので、それが流れてくっついたということがわかった。京子の持ち前の感が働き、僕に、この突起物のようなものを徹底的に調査しろと言ってきた。僕も俄然興味がわいて、アマンダにもお願いした。いつもより深海ではないと言っても500mでも十分に暗い。特殊なライトをあてて、この突起物を調査する。特に崩落した部分も映像に撮って京子に見やすくしてもらう。そして1週間ほど経ち、チームのみんなで撮影した映像を見ている時だった。ロバートが声を張り上げた。

「今のところをゆっくりもう一度再生して」

「ロバートどうした?」とクリスが驚いて言う。

「今、マークが見えた！」

「マーク？」と僕も半信半疑で言う。

突起物の頂上あたりの崩落した部分で表の土が無くなっている部分だ。ゆっくり見ると確かに何か円のようなものが書かれている感じがする。

「ケン、この周辺の表面の土を取る作業はできるか？」とロバートがいつになく興奮気味で話す。

「本部に承認取れれば可能だと思う」と僕が答えるとロバートは満足そうな顔になった。

それから、アマンダに了承してもらって、ロバートが指摘した円のように見える周辺の土を慎重に取り除く作業に入った。そして、驚くべきことがわかったのだ。土が取り除かれマークが画面に大写しになった時、再びロバートが声を上げた。

「この映像をもっと引いてくれ」

ロバートの大声にびっくりしたが、クリスがその映像を引いてみると、

「これ、これは、モンゴル帝国のマークだ！」とロバートがまた叫んだ。

チームのみんなも声を上げた。僕は、鳥肌が立った。確かにそれはモンゴル帝国のマークだった。一番上に火のマーク、次にロバートが見つけた丸で、これは太陽のマーク、そして下に月のマークが重なっている。これは現在のモンゴル国でも使われているものだ。

「ここがジパングなの？」と沈黙を破ったのは、京子だ。

「でもなんにもないよ。国や島だったとは思えないな」とクリス。

「島の一部で山だけが残ったとかね」と京子。

「でもモンゴル帝国のマークを刻むというのは変だな」とロバート。

「どちらにしてもこのまま重点的にここを調べよう」

会議は解散したが、みんな興奮状態だ。ここ数カ月毎日のように海に潜って、何も発見できなかったからだ。

3

しばらく調査が続き、ジョンが合流してくれた。この日は潜水艇に僕とロバートとジョンの3人が乗った。クリスはここのところ京子と連携してデータを加工して分析したり、3DCGでこの突起物を見せようとしているようでデスクワークが忙しい。潜水艇に乗りながら、ロバートはここのところいつになく饒舌《じょうぜつ》だ。

「ケン、一緒にやってきて良かった。モンゴルの歴史をひとつ発見できたとしたら本当に嬉しい」

「モンゴル帝国時代の遺跡がこの深海にあって、目の前にあるというのは凄いな」

「ジョンも興奮するか？」と僕が訊くと、ロバートが返す。

「それはそうだよ。13世紀の話だぜ」

「それにしてもロバート、この遺跡はなんだったのかな?」

「この場所で、帝国のマークを刻んでいるんだから特別な場所だったことは間違いない」

と言うロバートに僕も呼応する。

「そうだな。ここがなんだったのかを掴んで帰りたい」


しばらくするとクリスと京子がこの島だったと思われるものの3DCGが出来たということで、チーム全員に見せてくれた。やはり真ん中に頂上があり、山のような外見だ。このCGを見ている時にふと僕は北京に住んでいた時に見た秦の始皇帝の墓を思い出した。もしかしてという気持ちが浮かび声をだした。

「もしかしてこれ墓じゃないか?」

「ケン、墓ってどういうこと? 何もないじゃないか」とジョン。

「そうか、地下に埋まっているって言いたいんだな、ケン」とクリス。

「そうだよ。秦の始皇帝の兵馬俑みたいに」とすでに僕は興奮していた。

「それはあるかもしれない」とロバートも興奮している。

「早速、この中がどうなっているか調べよう」

その日に突起物の中の状況を把握できる装置を手配した。不思議だが僕には、確信のような感覚があった。そして、この超音波装置によってこの中は大きな空洞であり、中に様々な形状のものがあるところまでわかった。ここはフビライ・ハンの墓に違いない。まもなくその空想事が目の前に現れると思うと興奮状態が続いた。これは僕だけでない、チームのみんなも同じでハイな状態だ。次の問題は、どうやってこの中に入るかだ。いくら調査しても入口のようなものは発見できなかったし、仮にあっても、水が中に入ってしまうので、使えないだろう。この中に入るためにどこかに穴をあけないといけないし、そこから水が中に入るのもまずいので、入口を作る工事をしないといけない。これは大掛かりな工事で、今まで晴天だったところから大きな雨雲に覆いつくされた感じになった。何故ならこれを進めるには、今までのようにアマンダだけ知っているというわけにはいかないからだ。研究所内でも何をやっているのかがわかってしまうし、この地元でも多くの人に働いてもらう必要があるからだ。

アマンダやチームメンバーとも話したが、この作業をやるには、ある程度、知られてしまうのは仕方がないという結論になり、工事を着工した。空洞部分の中腹あたりに入口を作り、中に入ることになった。工事の内容を簡単に言うと、2重入口にして、まずは、最初の入口から入って、水を抜いて、2つ目の入口から中に入るということだ。ただし、500mと言っても工事をやる環境としては高度な技術がいるので、できるだけ地上で最初の入口を作ってそれを海中に持っていき穴を開ける場所につけるといった流れになる。それでも半年はかかるため、それができるまでは、僕たちは地震調査の続きをメインに日々を過ごしていた。情報統制は敷いていたが、限界もあり時間が経つにつれ何か凄い発見があるらしいという噂が地元でも立ち始めた。予想通りだが、このあとに起こることが心配だった。

工事が終わるのが見えてきた頃に、京子から電話がかかってきた。

「京子どうした？」

「話がしたくて」

「何かあったのか？」

「パパを殺した犯人グループが捕まった」

「本当か！」

「外国人の窃盗グループ」

「窃盗で家に侵入して殺したと言ってるのか？」

「それも殺す気はなく、物取りで入ってパパに見つかって、抵抗されて殺してしまったと言ってるの」

「それはおかしい。現場の様子からは明らかに真おじさんを殺しにきたとしか思えなかった」

「悔しい」

「必ず真相を暴いてみせる」

「ありがとう。でもまずジパングでしょ。もうすぐ中に入るんでしょう」

「そうだ。もう少しだ」

「私も仕事を整理して、そっちに行くわ」

4

工事も終わり、いよいよ中に入る。2重入口から水を抜き、2つ目の扉が開いた。真っ暗だ。懐中電灯で照らしながら中に入る。入口からすぐ下に道があり、左右にずっと延びている。この中の外周にわたってこの道は続いているようだ。ライトをあてて、違和感があった。ライトをあてている箇所がすべて金属光沢がある。その色を見て、声が出た。

「これは金だ。黄金だ！」と叫ぶと、クリスもジョンもロバートもその場にしゃがみこんでしまった。それぞれが金で出来た道の感触やライトをあてて金を確認しはじめた。

「ケン、ここは全部、金で作られているんじゃないか？」と興奮して早口でしゃべるクリス。

「凄い発見だ」とジョンも腹ばいになって金の感触を全身で受け止めている。

「黄金の国、ジパング」噛み締めるようにロバートも話す。顔は満面の笑みだ。

この島と言って良いと思うが、僕らは、外周道路のような道を歩いてみる。そして、ところどころ下に下りていく階段がある。それを降りると、人が住む街並みだったり、市場だったりする。この島全体を国のように作っていたのだ。この日は、懐中電灯もそんなにないのと、今後の調査方針もアマンダに報告して決定しないといけないので、戻ることにした。その日、事務所に行って、アマンダにビデオ会議で報告すると、いつも冷静なアマンダが感情を高ぶらせてワンダフルを連発した。

「ケン、慎重に調査を進めないといけない。時間がかかってもメンバーだけで、できるだけ調査をすること、しかるべきタイミングまで外部の人には話をしてはいけない」

「わかってます。ただ調査をするのにすぐ必要なものがあります。まずはライトです。島全体が大きいので、少しずつ照らして調査をするしかないと思います」

「そうね。全体を効率よく照らすライトと手元作業用のライトがいるわね」

「それからフロリダの研究所にある海水から酸素を取り出す装置がありますよね」

「そうか、あれね！」

「今、中の大気の状態がわからないため酸素マスクをつけたまま作業しているので、非常に作業しにくいんです」

「わかったわ。それをすぐ送るわね」

「ありがとうございます」

「それじゃ、しばらくは毎日やりとりしましょう。くれぐれも気を付けてね」

「わかってます」と言ってビデオ会議を終わらせた。

続いて、京子とビデオ会議する。今日撮影した黄金の道や建物の写真も送る。

「京子、ジパングが見つかった。島全体が黄金でできている。信じられない光景だ。どんどん写真や動画を送るよ」と1人で興奮してしゃべっていると、京子は下を向いている。泣いているようだ。やっと、顔を上げると笑顔で「ついにやったね」と言う。

「大丈夫か？」

「うん、健のお父さんも私のパパも喜んでるね」

「ああ、2人で祝杯をあげているんじゃないか」

「これから、どうするの？」

「公表するまで、僕らのメンバーだけで調査をする」

「たった4人で、大変ね」

「仕方ないよ。でもワクワクしかないよ。これから何を発見できるか」

「うらやましい」

「京子はまだ来られないのか？」

「もうすぐ行けるわ。行って自分の目で見て、パパに報告しないとだね」

「そうだよ」

「行ける日が決まったら連絡する」

「待ってるよ」

ビデオ会議が終わると、どっと疲れが出てきた。ベッドに転がり込むと深い眠りがやってきた。

2日目、本格的な調査に入る。まずは、中の大気の状態を測定する。それが終わると、クリスが速攻で作ってくれたキックスクーターに乗って、遠くまで調査に乗り出す。とはいっても移動してライトをセッティングしてからの調査になるので、思った以上に時間がかかる。島の真ん中に近づくと、先頭にいたジョンが「あれ見ろよ」と道の下を指さす。そこには人型のような人形が浮かびあがった。ライトをセットして下に下りていくと、まさに西安で見た兵馬俑そっくりだ。等身大の兵士で、顔もしぐさも一体一体違っている。馬もいる。兵馬俑と違うのは、兵士も馬もすべて黄金なのだ。それがずらっと見渡す限り、並んでいる。すこし奥に行くとライトが届かないので、全体でどのくらいあるのかわからない。早く全体にライトをあてて見たいなと思った。それにしても、兵士や馬をじっくり見てみると、非常に精巧に作られている。どれだけの職人で作りあげたのか想像できない。世界の面積の25％ほどの広大な帝国を治めていたフビライがやったことなのだ。エジプトのクフ王の巨大なピラミッドなど時の権力者は驚くことをやってのける。それを今まさに見せつけられているのだ。

3日目は、クリスとロバートが定常的にライトをあてられるようにセッティングを始めた。ジョンと僕は、アマンダが早速手配してくれた海水から酸素を取り出す装置のセッティングとテストを始めた。ライトとこの装置が機能すれば、調査はかなりはかどる。

6日目には、島のちょうど真ん中にある建物を調査する。この建物は王宮に違いない。それを囲むように兵士と馬が守っているからだ。そして、その北東に向けて、大きな生き物の作り物が並んでいる。クリスがバッグから小さい戦車のような機械を取り出した。

「それ何?」と僕が訊くと、クリスが笑顔で話しだす。

「ジェイに頼んで、闇の中でも調査できて、階段も登り降りできるロボットを設計してもらって、こっちで組み立てたんだ」

「クリス……」

「凄いだろ」

ロバートが笑顔で、僕を見ている。

突然、ジョンが叫ぶ。

「ケン、これシーサーじゃないか?」

「そうか、魔除けであり、守り神か。でも、シーサーとはなんか違う気がするな」

この2mくらいある2頭の生き物は、シーサーには見えなかった。じっと見ていると、すぐわかった。

「ジョン、これは狼だ。モンゴルでは狼は祖獣《そじゅう》とか天神《てんじん》の犬と呼ばれて神聖視されている」

「そうか、蒼き狼だ。間違いない」

その凜々しい2頭の狼に惹きつけられてしまう。2頭とも前を睨んでいるが、どこか優しさも感じてしまう眼だ。王宮は5階建てになっていて、絵などが繊細に彫られていて、手間暇をかけて作られたことがわかる。ここのどこかにフビライ・ハンは棺を置く予定だったのだろうか、探してみたが棺のようなものは見つからなかった。

8日目になってライティング作業が終わった。一斉にライトをつけると中全体の黄金が光ってまぶしい。その反射しているまぶしさからも黄金の持つ力を感じてしまう。クリスはドローンも持ち込んで飛ばして、島全体を上から撮影する。ジェイとの共同で作ったロボットも使えば、この中の全体がどうなっているのかわかるし、アマンダや京子やジェイにもシェアできる。アマンダは、色々な機関と発表への調整をしているようだ。世紀の発見だ。世界に大きなインパクトを与えることは間違いない。ただ、発表すると海賊などが来る危険性も増すから、フィリピン政府や警察とも緊密な連携が必要になる。

10日目。突然、覆面をした5人の侵入者が乱入してきた。入口にいたガードマンを倒して中に入って来たのだ。入口の争う声で、すぐわかった。こういう侵入者があることも想定内で、僕らは、それぞれ応戦する。僕の前に現れた侵入者はボクシングスタイルで向かってくる。動きが速い。軽くジャブがあたる。僕も集中して、張先生の教えを思い出す。動きをしっかり見て、相手と呼吸を合わせて次の動きを予測する。すると相手の動きが見えてくる。次の右ストレートをかわし、手を掴んで相手の力で投げる。うまく決まり、相手は転がるが、受け身はしっかりとっている。立ち上がって構えると、覆面を取った。なんとセバスチャンだった。

「ケン、さすがだな」

「セバスチャン、どうしてこんなことを」

「ここは発見するべきじゃなかったんだ」

「どうして？」

「黄金は人を狂わせる」

「僕の周りで事件が起きてきたが、セバスチャンがやったのか？」

「邪魔をしたかったんだ」

「だからと言って、京子のお父さんも殺したのは絶対許さない」

「キョウコのお父さんが殺されたって？　それは知らない。そんなことはやってない」

「じゃ、誰がやったかわかるか」

「知らない」

「そもそもどうして邪魔をするんだ」と僕が言うと、セバスチャンは、ファイティングポーズを解いて、彼の仲間にも戦うのをやめろと叫んだ。

入口に近いところに広場のようなスペースがあり、そこに椅子を置いて、僕らはセバスチャンを囲んだ。彼の仲間は、この中を見に行った。

「キョウコのお父さんは本当に殺されたのか？」

「警察は強盗が家に入って殺すつもりがなかったのに、鉢合わしてしまったため殺したという犯人の話を鵜呑みにしているが、僕はそう思っていない」

「殺す目的だったということだな」

「そうだ、家の中を物色する前に、殺している。そのあとにまるで証拠物を探すように部屋を荒らしているからだ」

「そうか」

「マリアおばあさんが黒幕という可能性はどう思う？」

「どうしてそんなことを訊くんだ」

「以前会った時に、マリアおばあさんには気をつけろと忠告してくれたからだ」

「ジパングを見つけるためには手段を選ばないところがあるからだ」

「それでどう思う？」

「イタリアンマフィアともつながりがあるし、可能性は否定できないけど、親戚だから人殺しまでしたとは、信じたくはない」

「そうか、それと、もうひとつ訊きたいことがある」

「なんだ」

「約1年前にこのあたりの深海を3艇の調査艇が動いていたが、これは君がやっていたのか？」

「そんな調査やってないな」と全く知らない様子のセバスチャン。

「それがどうかしたのか？」

「知らないならいい」

セバスチャンは、少し考えて、別な話を始めた。

「ケンは、マリアからマルコの日誌をすべて見せてもらったことはあるのか？」

「何度頼んでも調査に必要な部分しか見せてもらえなかった」

「なんで全部を見せなかったと思う？」

「見せたくない箇所があるからだろう」

「そうだ」

「セバスチャンは見たことがあるのか？」

「こっそりと少しだけ見たが、全部を見たわけじゃない」

「何が書いてあった？」

「マルコは、富が人を狂わせていくのを絶大なる権力者の前で数多く見てきた。殺し合いや裏切りだ。だから、ジパングについては、封印したかったのだ。ただ、黄金の島の凄さにそれを残したい気持ちも裏腹にあったんだ」

「フビライの栄枯盛衰、マルコの逡巡」

「なんだ、それは?」

「亡くなる前に京子のお父さんが残した言葉だ」

少し間が空き、セバスチャンはぼそぼそと話しだした。

「このジパングはマルコが責任を負わされ、世界中から金を集め、それで死後の世界を作るフビライからの最後のミッションだったんだ」

「そのミッション中に色々な事件が起きたんだな」

「ああ、それでこんなものは、封印した方が人のためだと思うようになったに違いない。フビライの極秘ミッションで側近も知らなかったのと、完成直後にフビライが体調を崩したのを理由に、封印してしまったのだ」

「だから、日誌には具体的な場所は記載されてなかった」

「そうだ。それから、地震か地殻変動か何かで島は沈没した」

「そして何世紀もジパングはどこかわからなくなり、誰にも見つからなかったわけだ」

「マルコ家でも今までも探そうとしていた人はいたようだ。なんせ黄金の島だからな」

「それで僕の父や僕はマリアに利用されたということだ」

「そうだ。ジパングを見つけてくれそうなやつが現れたと考えたんだ」

「全体がよくわかってきた」

「ケン、だから封印しよう」

「いや、ここを封印しようとしても発見してしまったのだ。世界に公表した方がこのあとの争いも少ないはずだ」

「どうしてだ。お前も富が欲しいのか？」

「それは違う。父と同じく真実を追うことにしたんだ。それだけだ」

「研究者がよく言うことだ。今日のところは、帰るが、封印したい気持ちは変わらない」

そう言うと、セバスチャンは、仲間を連れて、出て行った。

「ケン、このあと、どうするんだ？」とクリス。

「まずアマンダに報告する。僕らはこのまま調査を続ける」

僕がそう言うのを待っていたかのようにメンバー全員がうなずいていた。

5

11日目から3日間、クリスは侵入者対策グッズをジェイの力も借りて作ると言って、ロバートも借りたいとのことで島には来なかったので、ジョンと2人きりでの調査を続けた。

アマンダに報告すると、できるだけ早く発表ができるように準備を進めるのと地元警察にも連絡を取ると言ってくれた。

12日目、京子が来た。ジョンに来ることを伝えていなかったため京子の顔を見るとテンションが凄くあがった。その日は3人で回ることにした。ジパング遺跡に入った瞬間、その黄金に輝く景色を見て、京子は涙を流していた。

「なんで涙が出てくるんだろう。でも、本当に嬉しい……この美しい光景をパパに見せたかった」

「ああ、きっと天国から見てるよ」

「本当に見つけたのね、私たち」

「力をあわせて、やったんだよ。僕の父から始まり、真おじさんやここにいる仲間たちでね」

2人でしばらくその光景を噛みしめていると、

「入口で止まってないで、奥に入れよ。俺が案内するから」とジョンが京子の腕を引っ張って中へ誘導した。

「ジョン、よろしく」と京子も笑顔になって応える。

ジョンは得意満面に調査でわかったことを説明しながら一周する。僕も京子の晴れやかな顔を見て充実感に浸っていた。真おじさんにもやりましたと報告する気持ちで――。

京子は、会社が大変なので長くいられないので、すぐ帰ると言う。1日付き合うぞと言ったらビーチが綺麗な場所に連れてってと言われた。こちらに来て調査しかしてなかったので、綺麗なビーチなんて全くわからず、スタッフに訊く。ダバオからすぐ見えるサマル島が白砂で綺麗だと言うので、そこに連れて行くことにした。

次の日、船に乗ると京子がはしゃぎだした。こんな開放された感じは久しぶりだ。調査をしていると、ジパングにいるだけでピーンと張り詰めた緊張感があり、リラックスなんてできない。

「健、見て、本当に綺麗だよ」と指さす方向にバブサンダビーチの白い砂浜が見えてくる。

「確かに綺麗だ」

「私が来なかったら、こんなに綺麗な場所も見ないで帰ることになったわよね」

「ああ、間違いなくそうだね」

「感謝しなさいよ」

「そうだね」

「気持ちがこもってないわね」

こんなたわいもない会話も楽しい。太陽の下で、何も考えないで綺麗なビーチを、京子と歩く。幸せだなと感じた。ジパングを見つけた達成感もあるからだと思う。

「健、この間、ジョンに好きだ、彼女になってと告白された」

「えっ？　それで」

「つい最近健と付き合い始めたと言った」

「そうか」

「やっぱりな、ケンとキョウコはお似合いだと言われた」

自然と笑顔になっている。昔から感じていた京子との距離が、改めてかなり近づいたと感じた。

「健、せっかくだから海で泳ごうよ」というとTシャツを脱いで、ピンクのビキニ姿になる。スタイルの良さにくぎ付けになってしまった。

「何見とれてるのよ。いやらしい」といたずらっぽい感じで言うと、海に走っていく。

僕もTシャツを脱いで、京子を追いかける。

夜は、ビーチ近くのレストランで食事をする。グラスのシャンパンで乾杯。

「ジパング発見、とにかくおめでとう」

「京子、ありがとう。みんなの思いが実った」

「そうだね。調査はこれからだから、どんな発見があるか楽しみ」

「わくわくしてるよ」

食事のあと、心地良い海風に吹かれて、波の音しか聞こえない誰もいないビーチで寝そべる。上を見ると、落ちてきそうな星空。こうやって京子と2人でいるのが不思議な気もするし、当然な気もする。

「昔の人は星を見て針路を確認していたんでしょ」

「そうだね。マルコも帰りは海路だから星を見ていたと思う」

　700年以上前のマルコも星を見ていたかと思うと不思議な感覚になる。

「死んだ人は星になるって話もあるね」

「ああ、父も真おじさんも見てるに違いない」

「きっと、そうね」

「2人の前で誓う」

「何を?」と僕の方を向く京子。

僕は横にいる京子の上に乗って、長いキスをした。

元の姿勢に戻して、少し時間が経つと、

「健って、こんなに気障だった?」と京子が嬉しそうに言う。

「昔からロマンチストだったよ」

「ふーん」

次の日、京子は日本に帰っていった。

6

15日目にクリスとロバートが帰ってきた。まるで007の映画に出てくるスパイグッズのように腕時計の横から小型ナイフが出て来たり、目つぶし薬が噴出したりという細工がされていた。麻酔銃も細長い棒のような形状に改良されていた。不思議なもので、こういうグッズを手にすると、安心するよりかえって緊張感が増してくるのだ。その日、事務所に戻ると、アマンダからいよいよ来週、世界に今回の歴史的な発見についてリリースする調整がついたというメールが来ていた。

来週発表されれば17日目は、少人数で調査をする必要はないためアマンダが大規模な調査チームを作るという話になったので、この島の説明資料などを整備し始めた。

17日目、調査を続けているとそこへ再び侵入者が入ってきた。今度は、ウエットスーツを着ているが、武装している。リーダー格の男が叫ぶ。

「抵抗するな。全員、入口近くに来い」

僕はメンバー全員に「とりあえず従おう。それからチャンスを見て次の行動をとろう」と言った。クリスとジョンは今にも戦いたがっている感じだったが、彼らが銃を持っているので安全策を取った。麻酔銃も取り上げられる前に隠した。

彼らは、僕らを一箇所に集め、紐で手足を縛った。

「それにしても黄金の国というのは凄い。よく見つけてくれた。もうすぐボスが来る」とリーダー格が言った。他のメンバーもキョロキョロしている。それはそうだ。ここに見えるものはすべて黄金で出来ているんだから。

2時間ほど経っただろうか、もう1艇着いたのが音でわかる。ボスの登場だ。2人の側近を従えてボスが入ってくる。やっぱり僕が思ったやつだ。黒いウエットスーツに身を包んでいるし、いつもの姿からは容易に想像はできないが。

「来ると思ったよ」と僕が言うと、驚いた様子でボスは手をあげた。

「私が誰かわかるの？」

「わかるよ、マリアだ」と僕が言うと、僕のチームメンバーが驚いた。

「マリア、マルコ家のおばあさんの？」

「そうだよ、クリス。今はおばあさんに見えないけどね」

「ケン、さすがね。よくわかったわね」と言うとウエットスーツの頭の部分を取り、顔が見えるようになる。いつもより若く見えるが、マリアに間違いなかった。

「どうして京子のお父さんを殺した？」この発言に僕のチームメンバーはまた驚いた。

「キョウコの父を殺した？」とジョン。

「そうだよね、マリア」と僕は念を押す。

「たいしたものだわ。そこまでわかってたの。キョウコのお父さんも私の部下よ。リョウの時から動きを見張らせてたのよ」

「やっぱりそうだったか」

「調査艇を出して探させていたのが私だということや、色んなことをあなたに話そうとしたから殺すしかなかったのよ」

「ひどすぎる」

「あなたは少し前から私を信用しなくなったわね」

「アリーが3つ目の板を置いていった時からだ。マリアを信用しないというのではなく誰が味方で敵なのかがはっきりしなくなったんだ」

「あれね」

「アリーに2枚を盗ませたけど、要は3枚揃えたかっただけ、だから、アリーは、2枚の強奪に失敗と思った時に3枚目も置いて行った」

「素晴らしい。名探偵ね。その通りよ。だから私のところに来た時に3枚すべて見つかったとは言わず2枚だけ羅針盤に入れ、私の隙を見て、3枚入れてここの場所を知ったのよね」

「アリーはあなたの指示でそうしたんだから、僕が3枚入れて、場所を特定することは読めていたわけだよね」

「そう、それをキョウコの父を通して監視していれば、ジパングの場所がわかる」

「僕は、その通りに動いてしまった」

「本当にあなたは良くやったわ。700年以上にわたってみんなが探して見つけられなかった黄金の国を見つけたんだもの」

「もうすぐ世界にこの場所のことが発表されるから、こんなことしても意味ないぞ」

「少しいただくだけで結構なのよ」

「なんてやつだ」

「私も少し中を見たいわ。またあとで話しましょう」と言って、クリスが作ったスクーターに乗って出て行った。ここに残ったやつらは3人。クリスがくれた腕時計のナイフを使って紐を切って、3人と戦う。とにかく接近戦で銃を使わせないように戦う。3人を倒して、クリスを先頭に逃げようとした時に上から機関銃の弾が足の周辺に打ち込まれ動けなくなった。クリス1人は陰に入っていたので、僕はクリスに手で行けと指示をした。クリスは入口から出て行った。

しばらくするとマリアが戻って来て、クリスが逃げたことを怒った。

「困ったわね。あなたがた全員を殺せば誰も私たちの存在を知らないと思ったのに、1人逃がしたなんて大失態だわ」

「もうお前たちの悪巧みは知られたので終わりだ」とジョンがあおる。

「こうなれば戦うのみだわ。私の武装チームも続々と来るわ」

「こんなところで銃撃戦を展開するのか?」

「ケンは甘いわね。こういうところだからこそ力ずくで奪い取るのよ」

「馬鹿げてる。だから、マルコは日誌に残さなかったんだ」

「でもあなたがた親子が見つけてくれた」

「まさか父も殺したのか?」

「リョウは事故よ」

「本当か」

「信じる信じないはあなた次第。私にとってどっちでもいいことよ」

「どっちでもいいだと」とにかく腹が立った。

「さあ、それでは、あなたたちには死んでもらいましょうか。撃ち殺すと血で汚れるから、海に出てもらうわ」と言うとマリアは部下に指示を出した。

僕たちは部下に連れられて入口に向かい、第2の入口の扉が開くとともに、戦いを再開した。その時に第1の扉が開き、クリスを先頭に武装した集団がどんどん入ってくる。

「クリス、早い戻りで」とロバートが言うと、

「そこにセバスチャンが来てたんだ」

「セバスチャンか」と僕が言うと、

「ケン、大丈夫か?」と聞き覚えのある声が聞こえてきた。セバスチャンだ。

「大丈夫だ。相手は拳銃を持ってるから気を付けて、中に戻るぞ」と言って、第2の扉を開ける。セバスチャンたちが入って来て、マリアの部隊は高台に移った。睨み合う態勢で、しばらく沈黙が続く。

「もう地元の警察も船で上がってくるのを待ってるぞ。逃げられない」とセバスチャンが叫んだ。

「あなたが私たちの逃げる心配はしなくていいわ」

「ケン、悪いが、やっぱり封印させてもらう」

「封印する?」

「ケンたちは逃げてくれ」

「何をするんだ」

「これだ」とセバスチャンが言って、僕にボタン装置を見せ、上部の赤いボタンを押した。

「えっ?」

「タイマー式の爆弾だ。30分で爆発する」

「いつそんな爆弾しかけたんだよ」

「この間、来た時にセットした」

「侵入してきた時か。僕とセバスチャンが話している時、部下が中を見学に行った時にセットしたのか」

「そうだ」

ここから離れたくなかったが、冗談とは思えない。

「セバスチャン、死ぬなよ」と言うと、

「それじゃな」と僕の肩をたたく。僕は、みんなに逃げる指示をして、外にある僕たちの調査艇に乗って浮上する。セバスチャンたちは入口から遺跡の中に入っていく。

そして、水面に浮上してしばらくすると、大きな爆発音とともにしぶきがあがり、ジパングは粉々になった。そして、黄金とともに、さらに深い海溝に沈んでいった。

「ジパングは夢と消えた……」とクリス。

「いや、消えてなんかない。僕たちが調査した資料は膨大にあるし、写真や動画もある。そして僕らの頭の中に鮮明に存在してるじゃないか」

「確かにそうだな。でも悔しい」とジョン。

「これで良かったのかもしれない」と僕は言って、こう続けた、

「この遺跡が残っていたら、また多くの人が死んだかもしれない」

7

フロリダの研究所のアマンダの部屋で、アマンダと僕で会議をする。

「ケン、体調は良くなった？」

「もう大丈夫です」

「戻って来た時は、疲れ切ってたわね。あのあと、2日間も寝てたものね」

「あの黄金の国が爆破されて沈んでいったのを目の当たりにしたので、ショックと喪失感が半端じゃなかったですから」

「実物を見てきたのは、凄い経験だわ」

「アマンダさんにも見せたかったです」

「ビデオや写真が沢山残っているのは良かった」

「こんなことになる気がしてました」

「でも、沈んだあたりの調査は、すでに世界合同で実施されているわ。次々と金で出来た造形物が引き揚げられている」

「良かったです。これからも新しい発見がされていくんでしょうね」

「そうね、ところで、ケンはこれからどうするの？」

「ここにある大学で海洋考古学を勉強して、次の海洋遺跡の調査をやろうかと思ってます」

「そうなのね。じゃ、引き続きこの研究所でも働いてね」

「はい、こちらこそお願いします」

久しぶりに東京に戻った。まず父の部屋に行ってみる。そしてジパングを見つけた報告をする。

「ジパングを見つけました。僕の力ではなく何かに導かれていた気がします」

写真やビデオを見せながら、説明をする。

「黄金の国は、こんな形状でまるで秦の始皇帝の陵を黄金で作ったようでした。想像していた通りですか?」

「お父さんの知人の先生方や友達の方にも協力いただきました。糸井先生、ポルジギン先生、それから雲南でも村長さんやケイトさんなど多くの人に助けられました。みなさん、ジパングが見つかったことを報告したら、とても喜んでました」

この部屋で説明していると、父が目の前にいる気がする。あっ、母もいるじゃないか。2人とも嬉しそうな笑顔で僕を見てくれている。

「これから立派な考古学者になって、調査研究を続けます」2人の前で誓った。

するとチャイムの音がした。京子がやってきた。大きなポスターでも入るような長方形の荷物を持っている。

「健、帰っていきなりこの部屋なのね」

「父と母に報告してたんだ」

「そっか。喜んでるわね」

「ああ、ところでその大きな荷物は何？」

「ここにふさわしいものを持ってきたのよ。私からのプレゼント」

そう言うと、京子は、中身を取り出す。それは、ジパングの中の2匹の黄金の狼の前で、僕をジョンが撮影した一枚の写真を引き伸ばし額縁に入れたものだった。後ろには黄金の宮殿が聳《そび》え立っている。

「どう、いいでしょ」

「照れくさいな」

「お父さんもお母さんも喜んでるよ」

「ありがとう」

「ところで、健はジパングからお土産を持って帰ってこなかったの？」

「お土産？」

「黄金の一部とか、何かよ」

「そんなことするわけないだろう」

「健は馬鹿真面目だもんね。でもジョンとクリスは何か持って帰ったと思うよ」

「どういうこと？」

「ほら、これ見てごらん」と携帯で2枚の写真を見せる京子。そこには、ジョンの大きな新しい船と一緒に写っている写真と、クリスとロバートが買った外車の新車の写真があった。まじか……。

マリアが銃で撃った時に、確かに金でできたものが壊れて欠片がちらばっていた……。

「それからポーロ家から招待状が届いているけど、一緒に行く?」机に置いてある招待状を京子に見せる。

「なんの冗談よ」

「冗談じゃない。なんとセバスチャンからの招待状だ」

「セバスチャンから? 彼は生きてたの?」

「ああ、彼は脱出したんだそうだ」

「それは良かったわね」

そこへ僕の携帯に電話がかかってくる。アマンダだ。

「ケンです。えっ、本当ですか? もちろんやります。すぐフロリダに戻ります」

「どうしたの?」

「次の調査だ」

「次は?」

「台湾の英雄でもあり海賊でもあった、鄭成功の船の引揚だ」

すでに僕の眼が輝き出しているのを自分でも感じていた。

次の冒険の始まりだ！

終わり

〈著者紹介〉
大和田 廣樹（おおわだ ひろき）
IT 企業の経営と並行して映画のプロデューサーを続ける。「ぐるりのこと。」、「GOEMON」、「THE CODE／暗号」、日台合作映画「南風」、「ディストラクション・ベイビーズ」、「シェアの法則」、「市子」、「風の奏の君へ」など多数プロデュースし、脚本家としても探偵事務所５シリーズ「買収を阻止せよ」、日台合作 TV ドラマ「木蘭花」などを手掛け、小説も幻冬舎より「氷彗星のカルテット」を出版している。

ジパングを探《さが》して！

2024年5月30日　第1刷発行

著　者　　　大和田廣樹
発行人　　　久保田貴幸

発行元　　　株式会社 幻冬舎メディアコンサルティング
〒151-0051　東京都渋谷区千駄ヶ谷4-9-7
電話　03-5411-6440（編集）

発売元　　　株式会社 幻冬舎
〒151-0051　東京都渋谷区千駄ヶ谷4-9-7
電話　03-5411-6222（営業）

印刷・製本　中央精版印刷株式会社
装　丁　　　弓田和則

検印廃止

ISBN 978-4-344-69109-4 C0093
幻冬舎メディアコンサルティングＨＰ
https://www.gentosha-mc.com/